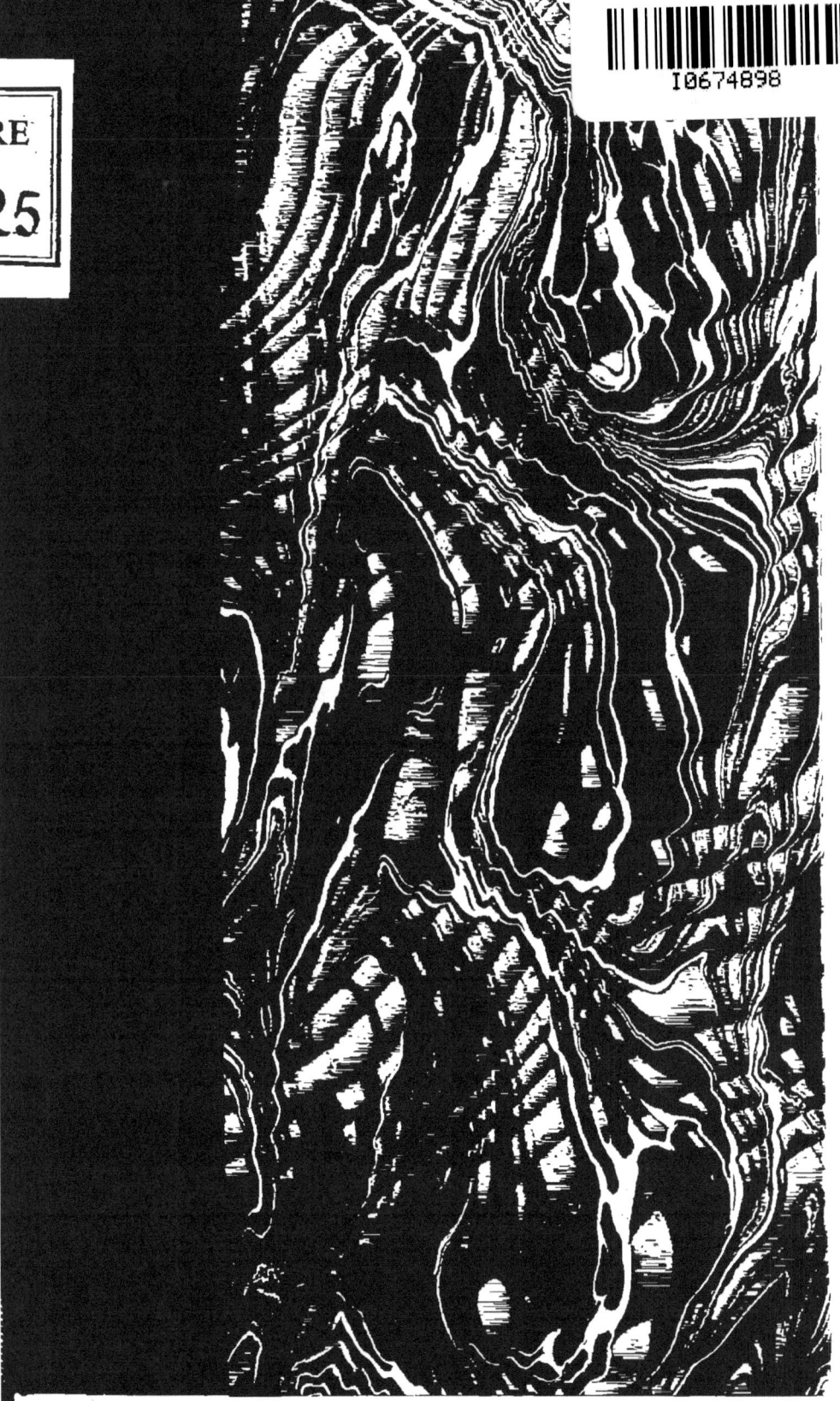

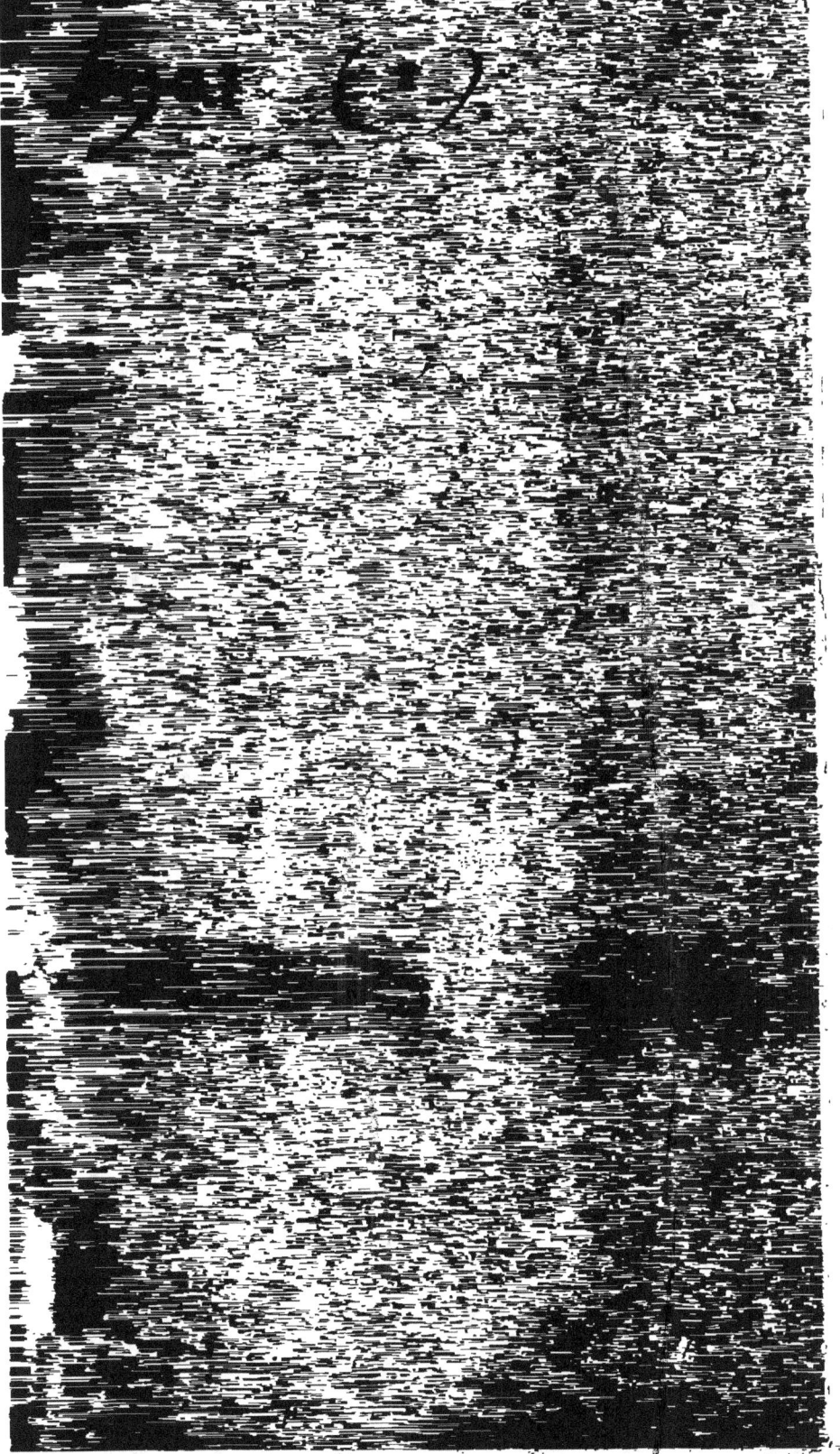

HISTOIRE

AMOUREUSE

D'ABAILARD ET D'HÉLOÏSE,

SUIVIE DE LEURS LETTRES,

Traduites en vers par nos premiers poëtes.

TOME PREMIER.

A PARIS,

A LA LIBRAIRIE DE H. VAUQUELIN,

QUAI DES AUGUSTINS, N° 11.

1820.

TROYES, IMP. DE Mme BOUQUOT.

HISTOIRE

AMOUREUSE

D'ABAILARD ET D'HÉLOÏSE.

LES plus grands clercs ne sont pas toujours les plus sages : c'est une vérité dont
on peut voir des exemples dans tous les
siècles. Pour moi je me contenterai de rap-
porter celui du fameux Abailard, qui au-
torise si bien cette maxime. Personne n'i-
gnore que ce fut un grand docteur, et un
des plus savans de son tems, et cependant
chacun sait qu'il n'en fut pas plus sage pour
cela. Sa science ni ses livres ne purent l'empêcher de devenir amoureux. L'amour fut
le prendre au milieu de son académie et
de ses écoliers, interrompit ses leçons, et
mit en désordre toute sa morale, pour lui
faire avouer qu'il n'est ni retraite, ni occupation qui puisse mettre les hommes à
couvert de ses traits et de ses feux.

   Pierre Abailard vivoit environ l'année
1130, sous les rois Louis-le-Gros et Louis-
le-Jeune. Il étoit natif d'un village nommé
Palais, en Bretagne, distant de quatre
lieues de Nantes, qui est une des princi-

pales villes de cette province. Son père s'appeloit Béranger, et sa mère Luce, et tous deux, par certain sentiment qui étoit fort ordinaire alors, quittèrent le monde quelques années après leur mariage. Pour éviter l'équivoque, quand je dis qu'ils quittèrent le monde, je veux dire qu'ils se retirèrent dans des couvens pour y chercher l'un et l'autre une tranquillité qui ne s'y trouve presque jamais, et qu'ils n'y trouvèrent pas aussi.

Comme leur famille étoit une des plus considérables de Bretagne, soit par la noblesse, soit par les biens, ils laissèrent une ample succession à Abailard leur aîné, celui-ci, ayant pris le goût des lettres, et croyant que les richesses étoient un obstacle au progrès qu'il y prétendoit faire, laissa à ses frères les biens que son droit d'aînesse lui acquéroit, et s'adonna à toute l'étude de la philosophie et de la théologie.

Pour y mieux réussir, il alla à Paris, qui étoit déja la ville où les beaux arts florissoient. Il se rendit si habile, qu'en peu de tems il surpassa ses maîtres, et inventa de nouvelles opinions qu'il soutenoit publiquement : par ce moyen il s'attira bientôt leur haine et l'envie de ses compagnons. De là, sa vie fut presque aussi cruellement traversée que celle des héros de roman, bien que la vie d'un homme semble devoir être beaucoup plus en repos sous un bonnet carré que sous un casque. Ses ennemis n'auroient pourtant eu aucun avantage sur lui, s'il eût pu défendre son cœur, et si l'Amour ne se fût mis de la partie pour faire le comble de ses infortunes. Ce petit dieu ne put voir la grande tranquillité d'esprit d'Abailard sans avoir envie de la détruire, il voulut régner sur ce savant et sur ce sage, et montrer à tout l'univers qu'on cesse d'être l'un et l'autre à mesure qu'on commence d'être amoureux; et comme c'étoit lui qui avoit autrefois débrouillé ce chaos pour en former ce que nous admirons dans le monde, il voulut faire, en Abailard, un chef-d'œuvre contraire, et mettre le désordre et la confusion dans un esprit que l'étude de la sagesse et des choses divines avoit si bien réglé.

Il ne lui fut pas mal-aisé de réussir dans son dessein : rien n'est impossible à l'Amour, rien même ne lui est dificile. Ce grand homme enseignoit la théologie dans l'évêché, parce que l'université n'étoit pas encore établie, et ce fut en cette maison que l'on en jeta les premiers fondemens. Là, il se faisoit admirer de tous les doctes, il s'érigeoit en tyran des écoles, et obligeoit jusqu'à ceux qui avoient été ses maîtres à venir ses auditeurs. Dans le voisinage de l'évêché logeoit un chanoine nommé Fulbert, qui élevoit auprès de lui une jeune fille dont il croyoit être le père. Il l'entretenoit en cette qualité ; mais pour éviter le scandale qu'une pareille circonstance auroit pu apporter dans l'esprit de bien des gens, il disoit que c'étoit une de ses nièces, de l'éducation de laquelle son frère l'avoit particulièrement chargé en mourant. Il croyoit, par-là, bien cacher la vérité de la chose, mais il se flattoit. On savoit en ce tems comme en celui-ci que la nièce d'un prêtre lui est souvent quelque chose de plus, et n'est ordinairement que la nièce de ses frères. Le chanoine avoit toujours eu un soin extrême de cette fille : il lui avoit trouvé un naturel si admirable et un si grand penchant pour les sciences, qu'il se crut obligé d'achever ce que la nature avoit si heureusement commencé. Pour ce sujet, il lui fit apprendre des langues qu'elle posséda si bien en peu de tems, qu'elle en faisoit des leçons à son père, et lui expliquoit quelquefois des passages de son bréviaire qu'il n'entendoit pas.

Le bruit du savoir d'Abailard étoit trop grand pour n'être pas venu aux oreilles du chanoine son voisin, qui, pour son particulier, ne portoit point d'envie à la réputation du docteur. Héloïse, c'est ainsi que s'appeloit la fille de Fulbert, n'écoutoit pas avec tranquillité les merveilles qu'on disoit d'Abailard. Elle n'étoit encore que dans sa quatorzième année : mais son esprit suppléant au défaut de l'âge, elle se trouvoit capable d'apprendre les choses les plus difficiles, et n'entendoit guère parler d'Abailard sans émotion. Fulbert s'en aperçut, et ayant appris le dessein qu'elle avoit d'avoir des conférences avec lui ; il chercha les moyens de la satisfaire

Il ne fut pas mal-aisé au chanoine de proposer à Abailard l'intention d'Héloïse, mais certes il fut bien difficile de la faire approuver à ce dernier. La proposition lui parut d'abord extraordinaire, et il le témoigna à Fulbert. Il lui dit que la science n'avoit jamais été le partage des femmes ; que semblables inclinations dans ce sexe étoient plutôt un effet de leur caprice ou de leur curiosité, qu'un véritable amour de la sagesse ; que tout ce qui leur en revenoit étoit de passer pour savantes et pour précieuses, et de s'attirer ainsi quelques froides railleries des ignorans ; qu'en tout cas il ne falloit rien presser, et qu'on doit examiner auparavant si sa nièce persisteroit long-tems dans cette résolution.

Un docteur a toujours un grand ascendant sur un homme qui ne l'est point. D'ailleurs les raisons d'Abailard étoient assez plausibles, le seul ton dont il les disoit les rendoit fortes, si bien que le chanoine les goûta et se laissa persuader, contre sa coutume. Fulbert porta cette nouvelle à sa fille; celle-ci fut d'autant plus affligée, que dans ses raisons elle vit qu'il y avoit quelque chose d'injurieux; elle déguisa néanmoins ses sentimens, sans pourtant les étouffer, et n'attendit qu'une occasion pour les faire éclater.

Elle s'offrit bientôt. Le chanoine étant allé dehors pour quelques jours, elle voulut s'éclaircir de ses doutes avec Abailard même, et le fit prier de la venir voir. Cette prière le surprit : il s'étoit déjà repenti d'avoir refusé si crûment la demande de cette fille, et ce remords lui passoit souvent dans l'esprit, mais il ne s'attendoit pas à cette seconde attaque. Il sembla balancer sur ce qu'il avoit à faire; pourtant comme il étoit fort honnête, et que sa profession n'étoit pas en lui incompatible avec la civilité, il fut d'abord remis, et s'en alla chez Héloïse qui l'attendoit. Il la

trouva seule, et ne put la voir cette première fois sans étonnement. Héloïse avoit
la taille très-bien prise, tous les traits de son
visage étoient dans une juste proportion ;
mais sur-tout sa bouche et ses yeux étoient
la plus belle chose du monde. Elle avoit
le teint vif et animé, l'air jeune, fin et
spirituel, la mine fière et relevée. Enfin
tout ce qui paroissoit de cette divine personne étoit si engageant, qu'entre la voir
et en être éperdument amoureux il n'y
avoit pas un moment à consulter. Abailard
la vit en cet état, et y prenoit tant de
plaisir, qu'il ne fit que la regarder pendant quelque tems. Elle, de son côté,
considéroit cet homme, dont elle croyoit
avoir si grand sujet de se plaindre. Il n'a-
voit alors que vingt-sept ou vingt-huit
ans. Sa taille étoit riche, sa mine haute, son
air et sa démarche d'un homme de qualité. On n'a guère vu de maître-ès-arts
ni de professeur mieux fait que lui,
ni mieux mis. Héloïse ne put s'imaginer
sans chagrin qu'un aussi galant homme
que sembloit être celui qu'elle voyoit l'eût
refusée pour écolière. Quoi ! lui dit-elle,
avec un peu de dépit, est-il possible que
vous soyez ce fameux Abailard dont le
mérite est si universellement reconnu, et
dont les grandes qualités sont l'objet de

l'admiration de tous ceux dont elles n'ex-
citent pas l'envie ? et s'il est vrai, comme
je n'en saurois douter, que vous soyez
ce fameux Abailard, pourquoi m'avez-
vous donné sujet de me plaindre de vous,
à moi, qui voulois avoir sujet de m'en louer
éternellement par les solides obligations
que je prétendois vous avoir ? Je sais, lui
répondit-il, le juste reproche que vous
avez à me faire, et je puis vous assurer
que je me le suis déjà fait souvent à moi-
même ; mais si vous pouviez comprendre
combien plus fortement je me le fais à
cette heure devant vous, vous me par-
donneriez cette première faute, que sans
doute je n'aurois jamais commise si j'avois
eu l'avantage de vous connoître plus tôt.
Je vois dans vos paroles, répartit Héloïse,
une nouvelle marque de la mauvaise opinion que vous avez de moi et de celle de
mon sexe ; vous vous imaginez que pour
apaiser une femme qu'on a offensée, il
n'est question que de lui conter des douceurs. Pour moi, ce n'est point là mon
goût, et je vous supplie de croire que
ce n'est pas pour m'attirer vos complimens que je vous ai prié de venir ; je
voulois seulement que vous me fissiez raison des sentimens injurieux que vous avez
eus, ne me croyant pas capable de pro-

fiter de vos leçons. Ce n'a jamais été là
mon sentiment, répliqua Abailard, et ce
l'est bien moins encore aujourd'hui, con-
tinua-t-il d'un air plus doux, puisque je
me crois même incapable de vous apprendre quelque chose de nouveau, à moins
que je ne vous apprisse ce qui se passe
dans mon âme. Héloise étoit ravie d'entendre de pareilles galanteries d'un docteur, cela lui paroissoit nouveau, et la
nouveauté lui en plaisoit; elle n'en témoigna pourtant rien; au contraire, elle
mit la main devant son visage pour faire
croire qu'elle rougissoit. Je pense, dit-elle,
en voyant la liberté dont vous usez avec
moi, que vous croyez être déjà mon maître, et vous ne vous ressouvenez peut-
être plus que vous m'avez refusée pour
écolière. Le ton dont elle prononça ce
peu de mots défit un peu le docteur, et,
mettant fin à cet entretien, il firent place
à un autre plus savant et plus élevé. Ce
fut dans cette conversation qu'Héloïse
admira l'étendue de la doctrine d'Abailard, et sa belle manière de la distribuer.
La vaste profondeur de cet esprit lui donna
pour ce grand homme une espèce de véné-
ration, qui se changea bientôt en amitié
particulière, et encore en quelque chose
de plus, quand elle vint à penser que

'sa bonne mine accompagnoit son bel esprit. Abailard, de son côté, voyant la
beauté du génie d'Héloïse et les connoissances qu'elle possédoit déjà; faillit à
mourir de regret d'avoir refusé une si belle
et si docte disciple. Ils avoient trop d'envie de se revoir l'un et l'autre pour n'en
pas chercher les moyens de concert. Ils
en cherchèrent en effet, mais inutilement;
et Fulbert revint de la campagne avant
qu'ils eussent pu convenir de quoi que ce
fut. Ce retour rompît les mesures de leur
entrevue. Le chanoine étoit défiant, soup-
çonneux et malin. Si bien qu'ils eurent
tout le loisir de penser mutuellement l'un
à l'autre, mais ils ne trouvèrent nulle occasion pour se communiquer leurs pensées. Abailard avoit l'idée si remplie des
grandes qualités d'Héloïse, qu'il ne songeoit à autre chose. Ah! qu'elle est belle,
s'ecrioit-il souvent, et qu'il seroit doux de
pouvoir être le maître d'une si aimable
personne. Ah! qu'elle est spirituelle, s'é-
cria-t-il encore, et qu'il seroit glorieux
de contribuer en quelque chose à rendre
cette charmante fille la plus illustre de son
sexe! Et si l'on pouvoit être aimé d'elle,
que l'on seroit heureux, et qu'on quit-
teroit bien volontiers pour ce plaisir la
fortune la plus éclatante!

Ces réflexions l'ayant quelque tems occupé, il rencontra un matin Fulbert, et
lui demanda des nouvelles de sa nièce ; il
apprit qu'elle étoit partie pour Corbeil
avec le dessein d'y demeurer quelques
mois chez une parente qu'elle y avoit. Ce
départ toucha sensiblement Abailard, parce qu'il sembloit rompre toutes les mesures qu'il avoit prise pour être heureux. Il
chercha de nouvelles inventions, et l'amour
qui n'en manque point lui en fit trouver une
dans ce départ, qu'il jugea même très-pro-
pre à avancer son bonheur. Le malheur de
ses affaires particulières ne contribua pas
peu au succès de son entreprise. Comme
son mérite augmentoit chaque jour, le
nombre de ses envieux et de ses ennemis
s'accroissoit de même. Ils murmuroient
hautement, et formaient déjà le dessein
de l'obliger à sortir de la ville. Il en fut
averti, et prit de là prétexte pour demander un asile à Fulbert contre l'injustice et
la violence de ses persécuteurs, et pour le
prier de lui chercher quelque retraite hors
la ville, où il pût sûrement attendre que
cet orage fût dissipé. Le chanoine, qui véritablement estimoit Abailard, et n'avoit
nul engagement dans le parti contraire, lui
offrit une maison qu'une de ses parentes
avoit à Corbeil ; mais comme ma nièce y

est, ajouta-t-il, je crains que vous ne vouliez pas y aller. Abailard dissimula la joie
qu'il reçut de voir que tout répondoit si
bien à ses intentions. Il remercia Fulbert ;
et quant à Héloïse, il dit que peut-être
changeroit-il d'avis en la voyant, et pour-
roit-il lui enseigner en ce lieu une partie
de ce qu'elle souhaitoit si fort d'apprendre.
Le chanoine, voyant cet obstacle sur-
monté, donna ordre au départ du docteur,
qui, de son côté fut congédier les jeunes
gens qui le venoient ouïr. Fulbert avoit
écrit à Corbeil pour disposer sa nièce à la
réception de ce nouvel hôte, qui arriva
presque aussitôt que la lettre, et fut reçu
avec grande civilité.

Son arrivée ne laissa pas de surprendre
la belle nièce du chanoine, qui n'avoit
quitté Paris que pour éviter les occasions
de voir Abailard. Ce n'est pas qu'elle ne
l'estimât toujours infiniment ; mais elle
avoit fait un funeste songe la dernière
fois qu'elle l'avoit vu ; et, comme toute
précieuse dans son noviciat de bel esprit,
s'adonne à la chiromancie, à la phy-
sionomie, à la science d'interpréter les
songes, et à d'autres pareilles bagatelles,
celles-ci en avoit fait de même, et sur-
tout elle avoit assez souvent réussi à l'ex-
plication des songes. C'est pourquoi elle

ne voulut point voir un homme de qui elle devoit causer tous les malheurs, suivant les funestes présages d'un songe qu'elle avoit fait. Elle n'en témoigna pourtant rien, croyant qu'elle trouveroit quelqu'autre occasion pour l'éloigner de sa présence.

Abailard, ravi de joie de se voir auprès d'Héloïse, et de s'imaginer qu'il y seroit long-tems et qu'il pourroit l'entretenir à son aise du motif qui l'obligeoit à quitter Paris pour Corbeil, remercia cent fois ses ennemis, qui lui procuroient, à son avis, la souveraine félicité. Il témoigna sa joie à celle qui la causoit, avec un transport que l'amour seul étoit capable d'exciter ; mais elle reçut tous ses complimens avec une certaine froideur qui le tourmentoit d'autant plus qu'il n'en pu deviner la cause. Il ne trouva plus en elle cet empressement qu'elle lui avoit, peu auparavant, témoigné pour devenir son écolière ; il n'y découvrit qu'un fonds de chagrin et d'indifférence pour le docteur, pour l'érudition et pour toute la doctrine. Elle le regardoit néanmoins de tems en tems d'une manière à lui persuader que la haine ni le mépris n'étoient pas ce qui la faisoit agir avec cette indifférence apparente. Abailard tira bien de ses regards des raisons pour ne pas se

désespérer tout-à-fait, mais il n'en put jamais tirer assez pour s'en consoler absolument. Ce héros de lettres, qui avait souvent bravé ses maîtres avec une audace admirable, et soutenu des propositions con-
traires aux leurs avec une constance qui
dégénéroit en opiniâtreté, se trouva pour
lors sans hardiesse et sans force auprès
d'une simple écolière, dont, depuis quelques jours seulement, il avoit fait sa maîtresse. Bien plus, il ne lui put rien dire,
son savoir l'abandonna, et jamais cette dé-
finition de l'amour ne s'est rencontrée plus
juste, qui dit que c'est une passion qui
donne de l'esprit à ceux qui n'en ont point,
et qui l'ôte à ceux qui en ont. Ce premier
entretien se passa sans parler, si du moins
sans se parler on peut faire des entretiens.
De tout ce jour-là ils ne purent se rejoin-
dre. Le lendemain leur trouble se trouva
tant soit peu dissipé; et Abailard, ayant
heureusement trouvé Héloïse seule dans
sa chambre, lui dit que l'excès de son
amour étoit le véritable motif qui l'avoit
fait venir à Corbeil, et que la haine de
ses ennemis, bien que véritable, n'y
avoit fait que servir de prétexte. Il lui
communiqua le dessein qu'il avoit formé
de ne plus enseigner qu'à elle, et d'abandonner la gloire et la fortune à laquelle son

savoir lui pouvoit faire aspirer, pour s'a-
donner entièrement à son amour. Héloïse,
au sortir de cet entretien, réfléchit sur les
conséquences de cette inclination. Abailard l'aimeroit-il, s'il connoissoit les secrets
de sa naissance ? Plus elle le chérissoit,
plus elle craignoit de le tromper ; elle
aima mieux s'exposer à perdre sa tendresse
que de lui laisser ignorer ce mystère.

Près d'elle vivoit une femme qui l'avoit
vue naître, et qui, pleine d'amitié pour
elle, lui étoit entièrement dévoué. Héloïse
l'appelle, et, sans lui découvrir son amour,
elle l'a prie d'aller trouver Abailard, qui
habitoit une chambre voisine, et de lui
découvrir les mystères de sa naissance ;
qu'elle lui diroit par la suite les motifs
de cette confidence, que certaine affaire
rendoit essentielle. Cette femme ne pouvoit comprendre à quelle dessein on lui avoit
donné une pareille commission ; elle obéit
néanmoins, et vint vers Abailard. Après
lui avoir annoncé l'ordre qu'elle avoit reçu
de sa maîtresse, elle commença ainsi :

Comme le récit que j'ai à vous faire
concerne un secret de famille assez im-
portant et connu de très-peu de personnes
je l'ai fait si peu souvent depuis que je le
sais, que j'aurai peut-être de la peine à
m'en ressouvenir.

2.

Fulbert, dont je dois vous apprendre aujourd'hui l'amoureuse histoire, est d'une maison assez considérable de Paris. Ayant été destiné par ses parens à être d'église, il quitta ses études plutôt qu'il n'auroit fait, les croyant inutiles à la profession qu'on lui faisoit embrasser. Après quoi on le vit paroître avec une propreté admirable ; une feinte modestie, une contenance étudiée devant les gens, et les autres marques essentielles auxquelles on connoît ceux qu'on appelle ordinairement abbés de Cours.

En effet, avant qu'il fût chanoine, on ne l'appela guère que l'abbé Fulbert. Mais comme le revenu de cette abbaye n'étoit qu'imaginaire, non plus que le bénéfice, il permuta contre un canonicat, dès qu'il en trouva l'occasion. Il étoit encore abbe, et en faisoit exactement les fonctions ; il jouoit, il voyoit les dames, faisoit agréablement des contes, disoit quelquefois de bons mots, et faisoit souvent de méchans vers avec grande facilité ; si bien qu'à peu de frais il s'acquit la réputation de bel esprit parmi quelques cercles de femmes qu'il fréquentoit.

Il étoit sur ce pied quand l'Amour, qui, sans crainte de la justice, blesse un ecclésiastique comme un autre homme, se servit des yeux de la fille d'un bourgeois de Paris, nommée Geneviève, pour s'assujettir cet Adonis aux cheveux courts. Cette fille alloit souvent dans la boutique d'une marchande de ses voisines pour y voir le monde, et ce fut là que Fulbert la vit, ce fut là qu'il l'aima, et qu'ensuite il le lui dit. La galanterie, comme chacun sait, est une des occupations, ou plutôt un des caractères de messieurs les abbés; si bien qu'on ne s'étonna point de ce qu'il avoit avec Geneviève. Il ne la voyoit que devant les gens, ce qui empêchoit qu'on en fît aucun mauvais jugement, quoique les voisins remarquassent assez tous les bouquets qu'il lui donnoit, et tous les présens qu'il lui faisoit.

Comme l'Amour est mystérieux, il fut fâché d'être exposé aux yeux de chacun. Il persuada à l'abbé de faire un secret de sa passion, elle en devint un dès qu'il se fut déclaré par un billet. Ce billet bien reçu, on fit seulement semblant de douter de la vérité de ce qu'il contenoit ; et dès-lors leur intrigue commença à passer la galanterie. Ils étoient en bonne intelligence quand la jalousie s'en mêla.

Un homme d'épée, nommé Arnulfe, qui avoit eu divers emplois considérables dans l'armée, vit Geneviève ; il lui trouva

les yeux pour le moins aussi beaux que
l'abbé les lui avoit trouvés, et l'aima aussi
bien que lui. Depuis cette nouvelle amitié,
Fulbert ne pouvoit guère voir sa maîtresse
pendant le jour, à cause que ce Mars en
racourci l'observoit par-tout. Il en enrageoit entièrement ; et Geneviève un peu
moins, car une fille n'enrage jamais d'avoir
un galant homme d'épée. Elle aimoit pourtant mieux l'abbé, et qui étoit plus agréable et plus mignon, et par de petites faveurs secrètes, elle l'empêchoit de mourir
de jalousie. Le cavalier n'avoit pas encore
aperçu un rival dans la personne de l'abbé,
mais ils se connurent bientôt l'un l'autre
pour ce qu'ils étoient véritablement, et
cette connoissance ne produisoit sur eux
aucune amitié. Leur commune jalousie
fit qu'ils conçurent d'abord un sentiment
assez avantageux l'un sur l'autre pour
croire chacun que son rival étoit aimé.
Cette estime réciproque qu'ils avoient
n'étouffoit pourtant pas celle que leur
propre mérite excitoit en eux-mêmes ;
chacun d'eux croyoit valoir plus que l'autre, et se juroit à soi-même qu'on lui
déroboit toutes les faveurs qu'on accor-
doit à son rival. L'avantage d'Arnulfe
étoit qu'il parloit hautement et sans con-
trainte de sa passion, et le malheur de

Fulbert étoit qu'à cause de sa profession
il n'osoit ni s'expliquer, ni protester devant le monde. Il avoit en récompense
un avantage qui valoit bien l'autre, c'est
que, quelque peu et quelque bas qu'il
parlât, il étoit toujours ouï, et ouï favo-
rablement ; qu'on lui tenoit compte, non-
seulement de toutes ses paroles, mais encore de son silence, et que bien souvent
on l'en récompensoit. L'abbé, ne pouvant pas se taire incessamment, n'étant
pas assez fou pour aller parler aux arbres,
aux rochers et aux fontaines, ni assez heureux pour pouvoir parler le jour, à cause
d'Arnulfe, dont l'épée auroit pu gâter
sa soutane; pria Geneviève de lui accorder
quelques entretiens nocturnes. Après
qu'elle eut fait toutes les difficultés préa-
lables pour faire valoir cette faveur, elle
l'accorda : mais comme la nuit n'est jamais
si sage que le jour, et qu'elle inspire autant de hardiesse que le jour exige de respect, ces deux amans, à force d'être moins
sages et plus hardis, profitèrent de tous
les momens de la nuit, à peu près comme
faisoit autrefois Jupiter avec Alcmène.
Fulbert eût même fait durer chaque nuit
vingt-quatre heures s'il eût pu : ne le pouvant pas, il se contentoit de bien employer
les quatre ou cinq qu'il avoit en sa dis-

position. Je demeurois alors avec Geneviève, dont j'étois la confidente, à qui je rendois aussi tous les bons services dont j'étois capable.

Ces rendez-vous ayant duré quelques tems, elle s'aperçut qu'ils n'étoient pas sans fruit. Elle en avertit Fulbert, qui lui dit que si son caractère l'empêchoit de l'épouser, il ne l'empêcheroit pas de lui rendre tous les services qu'elle souhaiteroit. De nouveaux malheurs qui arrivèrent dans la famille de Geneviève ne contribuèrent pas peu à la tirer de ce fâcheux pas. Son père étoit veuf, et n'avoit que cette fille ; il fut accusé d'un meurtre, on le cherchoit pour l'en punir, il en fut averti. Sa conscience le convainquit d'abord de ce crime, dont il voulut être lui-même le juge, de crainte qu'un autre ne lui fût plus sévère. Il se condamna à un bannissement hors du royaume, et, s'étant déguisé, exécuta lui-même son jugement. Geneviève sut cet accident, et l'apprit à l'abbé, qui la consola dans cette nouvelle disgrace, lui promit de la retirer dans une maison qu'il avoit à Corbeil, et de l'y entretenir le reste de ses jours. D'abord la justice, ou du moins les officiers se saisirent des biens du père de Geneviève, et elle, sous prétexte de vouloir

se séparer de son père, quitta Paris, et
vint secrètement à Corbeil, où je l'ac-
compagnois, et, où, dans trois ou quatre
mois elle accoucha d'une fille fort heureusement. Arnulfe, qui étoit passion-
nément amoureux, ayant appris le malheur arrivé au père de sa maîtresse, fit
son possible pour lui offrir du secours ;
mais comme il en avoit été averti trop
tard, il ne trouva personne. On lui dit que
Geneviève avoit suivi son père dans sa fuite:
il les chercha, et toujours sans les trouver.
Enfin, lassé de tant d'inutiles poursuites,
il en devint extrêmement rêveur et mélan-
colique.

En cet état, il commença à considérer
le monde, à en examiner les abus et les
tromperies, à le mépriser, et se résolut
après à le quitter; aussi bien avoit-il mangé
son patrimoine à la guerre, et n'avoit-il
plus de quoi subsister. Il le quitta donc,
et, un peu par nécessité et très-peu par
dévotion, il se jetta dans un couvent de
moines. Cependant Héloïse, c'est le nom
de la fille de Fulbert et de Geneviève,
après avoir été nourrie jusqu'à sa septième
année, fut mise dans un couvent, où elle
demeura près de trois ans. Après quoi
Fulbert, qui avoit eu un canonicat pendant ce tems-là en l'église Notre-Dame,

la retira auprès de lui, et la faisant passer dans le monde pour sa nièce, il a eu tant de soin de son éducation, qu'à cela seul on ne sauroit manquer de l'en reconnoître pour le père. Geneviève et moi sommes depuis toujours demeurées dans cette maison, où le chanoine nous vient voir fort souvent, et, par ces bons traitemens, nous fait admirer et bénir la fidélité et l'honnêteté des gens d'église, auxquels les femmes ne sauroient trop faire de plaisir. Voilà ce que j'avois ordre de vous apprendre. Vous voyez combien il importe que cette histoire soit secrète, et combien on se fie à votre prudence pour vous la découvrir.

Dans l'impatience où étoit Héloïse de savoir l'effet que feroit sur l'esprit d'Abailard l'histoire de sa naissance, elle vint deux ou trois fois à la porte de la chambre où il étoit, avant qu'elle fut achevée. Enfin elle entra, et, heureusement pour le confus Abailard, Fulbert parut un moment après, qui venoit apprendre s'il se trouvoit bien dans cette maison, et lui donner avis en même tems de quelques desseins que ses ennemis tramoient contre lui. Il le remercia de l'un et de l'autre, et prit le prétexte d'une légère indisposition pour aller dans sa chambre prendre des mesures sur sa conduite.

Jamais docteur n'a été moins résolu que le nôtre dans cette fâcheuse conjoncture. Certains sentimens de fierté lui reprochoient son penchant comme une passion indigne d'un grand cœur. Il ne put repasser sans rougir sur les choses qu'il venoit d'entendre. Néanmoins son amour pour Héloïse n'en fut pas refroidi. Dès qu'il se la représentoit si charmante, si engageante, si spirituelle, il ne pensoit plus à ses parens, et disoit qu'elle n'étoit si aimable que pour être aimée. Sa naissance, disoit-il en lui-même, n'a rien qui doive me rebuter; s'il y a quelque tache, le silence et le secret la couvrent. Au fond, elle a un naturel si heureux, une éducation si belle, des sentimens si nobles, des inclinations si honnêtes, un esprit si fin, si rempli, si éclairé, une ingénuité si grande, une franchise si particulière, un cœur si genéreux, que tant de perfections qui lui sont essentielles peuvent bien la mettre à couvert d'un je ne sais quoi auquel elle n'a nullement contribué, et dont on ne la peut accuser sans injustice.

Cette dernière pensée, comme la plus raisonnable, lui plut davantage. Il s'y arrêta, il la goûta, il s'y rendit, et remit ainsi son ame dans sa tranquillité philosophique. Il revit le chanoine, à qui il té-

I.   3

moigna le ressentiment de l'obligation qu'il lui avoit. Venant ensuite à parler d'Héloïse, il lui dit que c'étoit une fille divine; que quand il avoit refusé de lui faire part de ses connoissances, il ne savoit pas de quoi son esprit étoit capable; que maintenant il donneroit volontiers tous ses soins à son instruction et qu'il profiteroit de ce tems que ses affaires l'obligeroient à passer avec elle. Fulbert, qui ne voyoit rien au-delà du compliment d'Abailard, accepta son offre après quelques façons, et s'en retourna le lendemain à Paris, assez content, quand il songeoit qu'Héloïse seroit satisfaite. Elle ne le fut pourtant guère quand elle apprit que l'histoire de sa naissance n'avoit point changé la résolution de son amant. Tout ce qu'elle put faire, dans l'état où étoient les choses, ce fut de lui dire le motif qui l'avoit poussée à tout ce qu'elle avoit fait; elle lui raconta son songe et le présage qu'elle en craignoit pour lui, la résolution qu'elle avoit prise de ne le voir jamais, pour éviter les malheurs dont ce songe sembloit le menacer; elle lui dit combien la résolution qu'il avoit prise de n'enseigner qu'à elle l'avoit confirmée dans ses soupçons; qu'elle avoit quitté Paris pour s'éloigner de lui; que, pour le dégoûter de sa pour-

suite, elle lui avoit voulu apprendre ce
qu'il y a de plus rebutant dans sa naissance ; qu'elle voyoit à regret que tout
étoit inutile, et qu'en vain on s'opposeroit
aux décrets du ciel. Enfin, continua-t-elle,
puisque votre affection surmonte tous mes
obstacles, je ne m'y opposerai plus. Tout
ce que je veux absolument, c'est que vous
repreniez vos premiers exercices, que
vous retourniez à votre chaire de professeur dès que vous le pourrez sûrement,
sans quoi je ne vous permettrai jamais
de me voir, ne voulant contribuer en
aucune manière à la perte de votre gloire
ni de votre fortune. Abailard admira
dans ce discours la grande générosité des
sentimens de cette adorable fille. Il la
remercia le plus obligeamment et le plus
tendrement du monde du soin qu'elle
prenoit de sa réputation et de sa fortune,
lui promit tout ce qu'elle voulut, lui jura
une passion qui ne finiroit jamais. Cachez
votre amour, lui dit-elle, qu'il ne vous
oblige à rien faire d'indigne, et vous verrez
en moi une personne qui n'est pas insensible à une amitié soutenue d'un grand
mérite.

Nos amans en étoient en ces termes
quand une troupe d'écoliers qui avoient su
le lieu de la retraite d'Abailard l'y vin-

rent trouver, et le prièrent avec tant d'ins-
tance de recommencer ses lectures, qu'il
ne put s'y refuser, sachant sur-tout que
c'étoit la volonté de son incomparable
maîtresse. Il exerça donc fort long-tems
sa profession à Corbeil en public, sans
compter les leçons particulères qu'il faisoit à Héloïse, dont il remarquoit avec
plaisir qu'elle profitoit chaque jour davantage. Cette savante fille n'entendoit rien
de si beau que ce qu'ensoignoit Abailard,
et Abailard ne trouvoit rien de si mer-
veilleux que la facilité d'Héloïse à comprendre d'abord les choses les plus difficiles. Ce fut là qu'elle lui faisoit des
questions ingénieuses, dont on voit quel-
ques-unes encore présentement, dans lesquelles on admire autant l'esprit qui forme
le doute que celui qui le résout.

L'étude et les entretiens savans ne faisoient pas toute leur occupation en ce
lieu ; l'amour en faisoit la plus agréable
partie. Ils se voyoient, ils s'aimoient, ils
se le persuadoient et faisoient quelquefois semblant d'en douter que pour s'en
voir agréablement convaincus par mille
caresses. Sous prétexte de s'adonner aux
sciences, ils s'adonnoient entièrement
aux plaisirs que cause une réciproque
amitié. Comme l'étude et la méditation

demandent des retraites et des lieux écar-
tés, leur amour en profitoit, sans que
ceux qui s'en apercevoient y pussent
trouver à redire. C'étoit dans ces retraites
qu'ils s'entretenoient beaucoup plus de
leur ardeur que des questions de philosophie ; ils s'y donnoient plus de baisers
qu'ils n'expliquoient d'axiomes ; Abailard
portoit plus souvent la main au sein d'Héloïse qu'à ses livres, et en se moquant
des diverses opinions de la morale, il y
trouvoit à son sens la souveraine félicité.
Il usoit quelquefois en apparence de son
autorité de maître, et, pour mieux tromper ceux qui auroient voulu examiner
leurs actions, il lui reprochoit devant les
gens son peu d'assiduité, et lui faisoit
même des menaces ; mais qu'elles étoient
différentes de celles que la colère inspire,
et que l'Amour prenoit plaisir à ce jeu,
et entendoit bien ce petit badinage ! Jamais deux amans n'ont goûté tant de douceurs que les nôtres n'en goûtèrent à
Corbeil pendant trois ou quatre mois
qu'ils épuisèrent toutes les iventions que
la passion la plus forte et la plus tendre
peut trouver pour faire le bonheur de deux
personnes.

Que cette vie étoit douce ! mais qu'elle
fut courte ! et que la fortune en vint trou-

3.

bler mal à propos la tranquillité ! Il sembloit que cette aveugle déesse ne pût faire
deux faveurs en même tems à un docteur
qui le méritoit si bien ; car toujours son
amour ou ses intérêts avoient à se plaindre d'elle. Elle avoit favorisé l'amour
d'Abailard, quand elle l'avoit contrarié
dans ses affaires, et elle commença à
tarverser sa passion à mesure qu'elle
travailloit à le rétablir dans Paris.

Un de ses ennemis, nommé Champenu,
s'étant retiré dans un couvent, laissa vide
la chaire dans laquelle il enseignoit. Abailard, sollicité par Héloïse même, quitta
Corbeil, et, prenant la place de Champenu, se remit à enseigner publiquement
dans l'évêché, et perdit ainsi le plaisir qu'il
avoit de voir sa maîtresse à toutes heures.
Ce premier accident fut bientôt suivi d'un
second plus fâcheux. Héloïse, qui l'a-
voit accompagné à Paris, n'y eut pas demeuré huit jours qu'Abailard s'aperçut
qu'il avoit un rival. C'étoit un de ses écoliers, nommé Alberic, natif de Reims,
qui, ayant suivi Abailard à Corbeil, y vit
Héloïse, et l'aima dès qu'il la vit, sans
faire scrupule de courir sur les plaisirs de
son maître, ou ne croyant pas qu'un si
grand docteur pût être devenu amoureux.
Abailard ne s'étoit pas aperçu à Corbeil

de cette nouvelle conquête d'Héloïse, parce que, comme il enseignoit chez elle, il n'avoit rien remarqué qui pût lui faire soupçonner qu'Alberic fût plutôt amoureux de sa maîtresse qu'empressé de ses leçons. En effet, ce nouvel amant, ayant la liberté de voir à tous momens ce qu'il aimoit, se contentoit de ce plaisir, et chargeoit ses regards du soin de découvrir ce qu'il avoit dans l'ame ; mais cet avantage ne se trouvant plus à Paris ; il chercha d'autres interprètes que ses regards, et, par des visites assidues, fit voir la violence de son amour.

Abailard n'avoit pas besoin d'être docteur pour découvrir ce nouveau rival, il suffisoit pour cela qu'il fût amant. Pour Héloïse, elle s'en étoit déjà bien aperçue, mais elle n'avoit osé le dire à Abailard, de peur de le fâcher. Celui-ci se plaignit : elle se servit de l'excuse ordinaire, qu'elle ne pouvoit empêcher qu'on l'aimât. Il se plaignit alors de ce qu'elle n'avoit pas, par ses rigueurs, étouffé cette passion dès sa naissance : elle lui dit qu'Alberic ne lui en avoit point parlé, qu'il la lui avoit seulement fait connoître par ses actions.

Enfin il se plaignit encore de ce qu'elle lui en avoit fait un secret, et elle s'en excusa, disant que c'étoit pour ne pas troubler son repos. Abailard, qui mouroit d'envie de quereller, continuoit à se plaindre; comme c'étoit sans sujet, ses plaintes fâchoient Héloïse, et les réponses ne satisfaisoient point Abailard; si bien que ces deux amans se querellèrent alors pour la première fois, et, de peur de mauvaises conséquences, se raccommodèrent avant que de se séparer. Ils continuèrent de se voir à Paris, sous le prétexte de leurs leçons, et ils auroient passé de bonnes heures ensemble s'il eût plu à Alberic de n'être point amoureux, ou de l'être en quelqu'autre endroit. Ils vécurent de cette manière près d'une année. Cependant Alberic se déclara, et jura un amour éternel à sa maîtresse, qui de son côté fit mystère de tout à Abailard, croyant que de pareilles confidences sont peu agréables à un amant. Un jour qu'Abailard alloit voir sa chère Héloïse, il s'arrête à sa porte pour ouïr le discours de quelqu'un qui parloit avec beaucoup de chaleur. Il reconnut d'abord la voix d'Alberic, qui étoit aux pieds d'Héloïse, et lui exagéroit l'excès de son amour. Il remarqua qu'elle lui répondit sans s'émouvoir et sans quereller, et faillit à en mourir de regret. Sa jalousie s'éveilla, et réveilla avec elle sa curiosité, et l'une et l'autre lui firent passer deux très-mauvaises heures à cette porte. Le passionné écolier étant sorti, le maître, encore plus passionné, entra, qui fit voir sur son visage tour à tour des marques de sa colère, de son amour et de sa crainte. Héloïse vit avec chagrin le sujet de ce désordre, aussi bien que les emportemens avec lesquels il le lui raconta. Elle supportoit impatiemment ses reproches, elle lui répondoit un peu par menaces, un peu par douceurs, un peu par promesses; elle se retira de cet embarras, se justifia, et ayant versé quelques larmes à dessein, laissa Abailard plus amoureux et plus jaloux qu'auparavant.

Ce qu'il y eut de singulier dans cette aventure, fut qu'Alberic commença seulement ce jour-là à soupçonner son maître d'être amoureux d'Héloïse. Pour s'en éclaircir, l'ayant vu entrer chez elle dès qu'il en étoit sorti, il s'arrêta à la porte au même endroit d'où Abailard venoit de l'entendre. Là il ouït tous leurs discours, leurs querelles, leurs raccommodemens, et but tout à loisir le poison qu'une juste jalousie inspire à un amant qui se voit sacrifié. Le lendemain, Alberic étant allé ouïr son maître comme il avoit accoutumé, il en fut mal reçu; quelques jours après, sur de légers prétextes, Abailard lui défendit de ne plus assister à ses leçons. Il s'applaudit du beau coup qu'il venoit de faire, et crut avoir beaucoup gagné de s'être défait d'un écolier qui lui causoit tant de déplaisir; mais il s'y trompa, et ce coup fut la cause de tous les malheurs de sa vie.

Alberic étoit aussi opiniâtre qu'Abailard, bien qu'il ne fut pas si savant; d'ailleurs il étoit autant irrité du procédé que de l'amour de son maître, ce qui l'obligea à pousser les affaires bien loin. Pour cet effet, il cessa la poursuite de ses études, mit son écritoire au croc, et se rendit plus assidu auprès d'Héloïse, profita pour l'entretenir du tems que le docteur employoit à ses lectures, et, sachant l'heure où elles finissoient, il se retiroit toujous avant qu'il y pût être rencontré par Abailard. Héloïse, de son côté, avertissoit son cher amant de toutes choses, pour lui ôter le sujet de plainte, et cependant il enrageoit beaucoup plus lorsque la prudence de sa maîtresse lui cachoit les particularités de l'amour de son rival.

Alberic n'en demeura pas là : voyant qu'Héloïse ne pouvoit l'aimer, ayant appris d'elle-même l'inclination qu'elle avoit pour Abailard, la jalousie, la vengeance, la rage le déchirèrent en même tems, et lui firent prendre la résolution d'avoir sa maîtresse malgré tout le monde et malgré elle-même. Dans cette pensée, il la fit demander en mariage à Fulbert, qui, trouvant le parti fort avantageux, lui promit tout, et annonça le même jour cette nouvelle à sa fille. La manière d'agir d'Alberic la fâcha; elle trouva mauvais qu'il l'eût demandée à son père sans sa permission, et commença dès-lors à le craindre et à le haïr persque également. Elle découvrit ce nouveau malheur à Abailard, qui la pressa plus que jamais de lui permettre de quitter sa profession, de rentrer dans ses biens, et de l'épouser du consentement du chanoine, qui ne la lui refuseroit pas quand il verroit qu'il avoit beaucoup plus de biens qu'Alberic. Mais cette généreuse fille n'y voulut point consentir. Pourquoi penser, lui dit-elle, au mariage, qui peut causer votre malheur et vous attirer haine? Je ne vous parle pas du peu de rapport qu'il y a avec la philosophie, qui perdroit patience elle-même parmi l'embarras du ménage, le désordre des suivantes, les cris des enfans : ne savez-vous pas qu'il n'est point d'action dans la vie si infailliblement suivie du repentir, et dont le repentir soit si long et si infructueux ? Vous vous figurez des douceurs à être éternellement attaché à moi ; mais sachez qu'il n'est point de douces chaînes; vous me verrez trop quand vous me verrez toujours ; vous n'estimerez plus mon amour ni mes faveurs dès qu'elles vous seront dues , et qu'elles ne vous coûteront aucuns soins. Vous ne songez pas à ces choses maintenant, et vous ne songerez plus à rien autre quand il n'en sera plus tems. Je laisse à part ce que dira le monde de vous voir prendre une femme en l'état où vous êtes. Vous en perdrez peut-être votre réputation et votre fortune, outre votre repos. Qu'il vous suffise donc , pour votre réputation, que je vous promette de n'être jamais à personne , et moins à Alberic qu'à tout autre. Elle le quitta à ces mots , et, pour lui tenir exactement sa parole, elle représenta le jour même à Fulbert son inclination pour le célibat , l'aversion naturelle qu'elle avoit pour le mariage , et sa haine particulière contre celui qu'on lui destinoit : mais pour tout cela, l'opiniâtre chanoine n'en changea pas d'avis ; il se résolut d'employer Abailard pour disposer l'esprit de sa fille à lui obéir sans répugnance. Je ne dirai pas de quelle manière Abailard reçut cette commission, il est aisé de s'imaginer que ce ne fut pas sans un horrible chagrin ; et quantité de héros amoureux, à qui la même aventure est arrivée dans les romans, vous représenteront admirablement bien l'état pitoyable auquel se trouve un homme en de pareilles conjonctures. Il tâcha de détourner doucement l'esprit de Fulbert de la violence qu'il faisoit à Héloïse ; il lui apporta des raisons, des autorités et des exemples, pour lui montrer combien de pareils mariages forcés étoient infortunés ; mais le chanoine étoit le plus souvent insensible aux raisons, aux autorités et aux exemples ; et se croyoit mieux lui-même que le plus éclairé de ceux qui se mêloient de lui donner des avis. Pour cette fois la doctrine d'Abailard fut sans succès. Il le vit bien, et se réduisit à profiter de l'emploi qu'il avoit pour éloigner au moins ce mariage qu'il ne pouvoit rompre.

Il se conduisit avec beaucoup d'adresse dans son dessein, et il avoit déjà gagné quelques mois quand Alberio, s'impatientant de tant de délais, pressa Fulbert de lui tenir la parole qu'il lui avoit donnée. Fulbert dit qu'il le vouloit bien ; que pourtant, s'il étoit possible, il le voudroit sans violenter sa nièce ; qu'il avoit prié

Abailard, qui l'enseignoit, et en qui elle
avoit une grande confiance, de la porter
doucement à ce mariage, qu'il attendait...
Alberic n'en put ouïr davantage sans interrompre le chanoine avec précipitation,
pour lui dire qu'il étoit fort trompé dans
le choix qu'il avoit fait ; qu'Abailard étoit
fortement amoureux ; bien plus, qu'il
étoit fortement aimé d'Héloïse ; que cette
réciproque amitié étoit tout ce qui empêchoit sa nièce de consentir au mariage
qu'on lui proposoit. Fulbert, surpris et
irrité de cette nouvelle, promit à Alberic
toutes sortes de satisfactions, et le quitta
d'abord pour aller donner à sa fille des
marques de sa colère et de son emporte-
ment ; mais l'un et l'autre firent bien peu
d'impression sur l'esprit de cette femme.
Elle montra de la fermeté, et, sans contraindre ses sentimens, déclara qu'elle
aimoit Abailard, et qu'elle l'aimeroit
toujours, comme le seul qui méritait parfaitement toute amitié. Fulbert, au désespoir de cette circonstance, qu'il appeloit opiniâtreté et rebellion, la maltraita
de paroles, et, prenant son humeur fa-
rouche, jura que dans trois jours elle
seroit la femme d'Alberic, et lui ordonna
de ne voir Abailard que pour lui dire de
ne la revoir jamais.

Abailard vint un moment après, et apprit d'Héloïse, avec un chagrin inconcevable, le mauvais état de leurs affaires. Jamais ces deux amans ne se sont si tendrement aimés, jamais ils ne s'en sont donné tant de marques. Les difficultés augmentent merveilleusement l'amour. Abailard, revenu de sa douleur, dit que, puisqu'il sembloit que tout étoit perdu, il n'y avoit plus rien à ménager ; que le désespoir dans lequel on les avoit jetés les exemptoit d'avoir aucunes considérations ; que leur malheur ne pouvoit devenir plus grand, mais que la prudence tiroit souvent de grands biens des plus grands maux.

Comme en disant ce discours il avoit oublié qu'il étoit philosophe et théologien, il l'oublia de même dans ses actions pour songer seulement qu'il étoit homme, amant et malheureux : il déroba quelques faveurs à Héloïse, et qu'elle ne lui pouvoit empêcher de prendre dans sa foiblesse et dans le désordre où elle étoit. Elle se contentoit de soupirer, de se plaindre et de pleurer, pendant que le docteur, croyant ces amusemens dignes de lui, et ne voulant pas demeurer sans rien faire, poussoit les choses aussi avant que l'amour et l'occasion le lui inspiroient. Mais Héloïse, revenant comme d'un

profond assoupissement, s'avisa de trouver
mauvais ce procédé d'Abailard, qui avoit
déjà fait bien du chemin. Elle se plaignoit
à lui de son indiscrétion et de son peu de
respect ; lui reprocha qu'il ne l'aimoit
guère, puisque dans leur commun malheur il conservoit assez de tranquillité
pour songer à de pareilles choses ; lui dit
que son honneur lui étoit plus cher que
la vie. Enfin elle en vint à la dernière
raison que les femmes emploient en ces
conjectures, ce fut à lui représenter le
crime qui se rencontroit dans son dessein.
A tout cela Abailard parut intrépide, et
répondit fort à propos à chaque chef ; lui
prouva que ce n'étoit que par amour qu'il
en agissoit de la sorte, et que l'amour au-
torise tout ce qu'il fait faire ; qu'elle devoit
considérer qu'il alloit la perdre pour toujours ; qu'au fond son mariage si prompt
la mettoit à couvert de tout ce qui pouvoit arriver : après cela il fit des actions
si passionnées, dit des paroles si touchan-
tes, témoigna tant d'amour et de douleur,
qu'Héloïse se rendit, consentit et permit
à l'ardeur d'Abailard de prendre avec
elle quelque soulagement. Le tems leur
étoit trop précieux pour n'en pas profiter,
aussi n'en perdirent-ils pas un moment ;
et cependant l'amour, qui n'abandonne

jamais les siens, fit un grand miracle en leur faveur.

La veille du jour auquel la solennité des noces étoit conclue, Alberic, au milieu de ses plus fortes espérances, reçut une lettre de Reims, qu'il lui apprit la maladie de son père, qui étoit extrêmement dangereuse. On lui marquoit encore qu'on l'attendoit, et qu'il vînt le plus tôt qu'il lui seroit possible pour mettre ordre à ses affaires, qui demandoient nécessairement sa présence. Alberic fut bien fâché de cette conjoncture, qui lui enlevoit un bien qu'il croyoit acquis. Il ne put pourtant différer ce voyage, auquel son honneur et son propre intérêt l'engageoient. Tout ce qu'il put faire fut de prier Fulbert de lui garder la parole qu'il lui avoit donnée, de l'assurer qu'il viendroit épouser Héloïse dès que ses affaires le lui permettroient, et de le supplier qu'elle ne vit aucunement Abailard, afin qu'à son retour elle se résolût à l'épouser avec moins de répugnance. Le chanoine promit tout, et Alberic partit aussi satisfait que le peut être un amant qui quitte une maîtresse amoureuse de son rival.

Ses volontés furent ponctuellement exécutées, du moins Fulbert n'y oublia rien. Il défendit de nouveau à sa fille de voir Abailard ; que s'il apprenoit qu'il eût aucun commerce avec Héloïse, il se porteroit contre l'un et l'autre à de dangereuses extrémités. Nos amans, avertis de la résolution du trop colère chanoine, ne pensèrent à rien moins qu'à lui obéir : ils étoient trop passionnés pour n'être pas opiniâtres et entreprenans ; aussi se moquèrent-ils de la sévérité de Fulbert, et il n'y a jamais eu d'ordres plus mal observés que ceux qu'il leur avoit prescrits.

Pendant que le docteur avoit fréquenté Héloïse, il avoit mis dans ses intérêts cette vieille fille qui lui avoit raconté l'histoire des amours de Fulbert et de Geneviève. Nos amans s'y confièrent en cette rencontre ; ils la prièrent de favoriser leurs entrevues, de les tenir secrètes et de leur donner des moyens de n'être point surpris. Cette fille avoit été trop bonne en son tems pour pouvoir jamais cesser de l'être ; elle s'étoit accoutumée dès ses plus jeunes ans à ne rien refuser, et n'avoit pas encore perdu cette habitude. Elle leur dit donc que le chanoine étoit très-exact aux offices divins, qu'il n'y manquoit jamais sans de puissantes considérations, et que cela leur donneroit une grande facilité de se voir pendant qu'il seroit occupé au service divin. Ils profitèrent de cet avis ; les cloches (qui croiroit qu'elles fussent propres à de pareils usages ?), en les avertissant du commencement et de la fin des offices, les empêchèrent quelque tems d'être découverts. L'heure de matines et celle de vêpres étoient celles de leurs rendez-vous ; et s'il se trouvoit que par hazard Fulbert manquât à quelque office, on mettoit un surplis aux fenêtres pour en avertir Abailard. Ils se virent souvent de la sorte ; et comme vraiment ces visites étoient fort dangereuses, ils en profitoient beaucoup mieux que si elles l'eussent été moins : ils en considéroient le prix par la difficulté, aussi ne les employoient-ils pas à de simples bagatelles. Ce que l'amour a de plus grand, de plus saint et de plus mystérieux, se traitoit dans ces périlleuses vérités.

Nos amans, prenant un jour une matière de conversation des délices qu'ils venoient de goûter ensemble, tombèrent insensiblement sur une moralité ; savoir : sur le peu de confiance qu'on doit avoir aux plaisirs du monde, qui sont si courts, si fragiles et si passagers. En effet, dit Héloïse, le plaisir que nous ressentons présentement cessera lorsque nous y penserons le moins ; il ne faut que l'arrivée d'Alberic pour nous en priver pour tou-

jours. Peut-être, continua-t-elle en sou-
pirant, les faveurs que je vous ai accordées
aujourd'hui sont véritablement les der-
nières, et peut-être un mariage, auquel
je serai forcée de consentir, m'empêchera
d'écouter votre amour et de vous donner
aucune preuve du mien. Cette réflexion les
fit un peu rêver; puis Abailard, comme
le plus hardi, prenant la parole : Je ne
vois pas, dit-il, comment ce mariage
pourroit mettre fin à notre bonheur, hors
que vous seule ne le vouliez. Ne pour-
riez-vous pas me laisser ce cœur, qu'aussi
bien vous ne pouvez donner à votre pré-
tendu mari ? Pourquoi m'ôteriez-vous
votre affection, puisque vous êtes aussi incapable de la lui accorder que vous le
croyez incapable de la mériter ? Et si vous
me laissez ce cœur et cette affection,
pourrez-vous vous empêcher de m'en
donner des témoignages, ni par conséquent de me rendre heureux ? Ah ! répon-
dit-elle, se rendant presque à la force de
cet agréable raisonnement, que vous pous-
sez loin vos conséquences, et que je sou-
haiterois qu'elles s'accordassent autant
avec la vertu qu'avec mes inclinations !
mais vous savez à quoi l'honneur et le
devoir engagent celles de mon sexe quand
elles ont fait un choix, quand elles se sont

résolues d'approuver celui qu'on a fait pour elle. Alors Abailard, oubliant, comme il avoit déjà fait, qu'il étoit théologien, s'étendit sur certaines maximes du monde pour établir qu'une femme mariée pouvoit, sans scrupule, entretenir un commerce galant. On mettroit ici ces belles leçons si ce n'étoit qu'elles sont assez connues et qu'on n'en profite que trop, s'il faut en croire lès maris. Leur entretien fut alors interrompu par le son d'une cloche, qui les avertit du retour de Fulbert ; mais ce même entretien fut recommencé si souvent, qu'enfin Héloïse tomba dans les sentimens du docteur, et lui promit que, quelque mari qu'elle eût elle ne s'empêcheroit jamais de l'avoir pour ami. Tout étoit si bien disposé entre eux, que l'arrivée même d'Alberic ne les auroit guère incommodés ; mais la fortune changea. Un jour que nos amans heureux étoient ensemble, à peine y avoient-ils demeuré quelques momens, que Fulbert, qu'on n'attendoit pas, vint, entra, et trouva Abailard près d'Héloïse. Une affaire pressante l'avoit appelé chez lui lorsqu'on le croyoit à vêpres, si bien qu'il les surprit, et fut très-surprit lui-même. Sa colère, ou plutôt sa rage, l'obligea à faire un grand désordre, qui fut la source

de bien d'autres. Il envoya sa fille à Cor-
beille, chez Geneviève, avec ordre de ne
lui permettre de voir personne, pour des
raisons dont, disoit-il, il ne pouvoit pas
s'expliquer.

Comme il était encore plus animé contre Abailard, il chercha les occasions de
le perdre, et les trouva facilement, à ce
qu'il crut. La réputation du docteur lui
avoit fait quantité d'ennemis considérables : Fulbert se joignit à eux, ranima
leur jalousie presque éteinte, et fit un
parti si fort contre lui, qu'il fut contraint
de sortir de Paris une seconde fois. La
fortune fit encore un coup de son caprice,
et, venant de quitter le soin des succès
littéraires d'Abailard, recommença à favoriser son amour.

Héloïse l'avoit averti par un billet du
lieu où elle étoit, si bien qu'il trouva dans
cet exil d'assez fortes raisons pour s'en
consoler. Il quitta effectivement la chaire
et la ville, et faisant courir le bruit qu'il
alloit à Melun, il fut à Corbeil en déguisé,
après avoir laissé à Paris beaucoup de
ses amis qui travaillèrent avec chaleur à
son rétablissement. Il ne lui fut pas mal-
aisé de voir sa maîtresse à Corbeil, puisqu'elle y étoit, et l'amour fait bien de
plus grands miracles ; il la fit avertir de

son arrivée, et lui apprit des moyens pour la voir.

Il y avoit derrière la maison où logeoit Héloïse un grand jardin entouré de murailles assez basses pour y pouvoir entrer sans peine ; ce fut là que le docteur eut ordre de se trouver ; elle s'y rendit facilement, sous prétexte d'une légère indisposition qui l'obligeoit à coucher seule dans une chambre auprès de ce jardin.

Jamais amans n'ont été plus satisfaits l'un de l'autre que le furent Abailard et Héloïse à cette première vue. Ils avoient tous deux un si grand fond de tendresse, et ils s'en donnoient de si pressans témoignages, qu'ils étoient très-persuadés de leurs mutuels empressemens ; bien qu'ils cherchassent quelquefois des raisons pour en douter.

Abailard avoit déjà demeuré près d'un mois à Corbeil, pendant qu'on le croyoit à Melun, quand un soir, étant à son rendez-vous ordinaire, il apprit d'Héloïse deux choses qui ne le surprirent pas peu. La première fut qu'Alberic, qui étoit parti il y avoit près de quatre mois, avoit écrit à Fulbert que la mort de son père avoit laissé de grandes affaires dans sa famille, qui le retiendroient encore cinq ou six mois à Reims ; qu'il le prioit pour-

tant de lui conserver sa nièce, qu'il viendroit l'épouser dès que ses affaires y se-
roient disposées. Cette première nouvelle
n'eût rien été sans la seconde, qu'Héloïse
ne lui apprit qu'après bien des façons.
Abailard se servit de toute son adresse
pour tirer d'elle ce qu'elle vouloit bien,
mais ce qu'elle n'osoit lui dire. Enfin,
après bien des tergiversations, elle rougit,
elle se tut quelque tems; puis, baissant
les yeux, et lui parlant plus doucement
qu'à l'ordinaire, elle lui dit qu'elle croyoit
être grosse. A ces paroles Abailard,
quoique fort étonné, en revint bientôt, et
après avoir assuré sa maîtresse que ce
nouvel accident ne pouvoit point altérer
son amour, il la pressa plus fortement
qu'auparavant de consentir qu'il l'épousât
et qu'il la fît demander au chanoine, qui
ne la lui refuseroit pas, sur-tout quand
il seroit averti de l'état où elle se trouvoit;
mais rien ne fut capable de faire changer
d'avis cette admirable fille, qui, accablant le docteur de mille caresses, lui dit
qu'elle l'estimoit pour lui-même; qu'elle
souhaiteroit bien de ne l'abandonner jamais, mais qu'elle aimeroit mieux être
son esclave que sa femme, et qu'elle l'aimeroit mieux pour son maître que pour
son mari, si cette dernière qualité pou-

voit porter préjudice à son cher amant.
Je vous l'ai déjà dit, ajouta-t-elle, et je
vous le répète encore à présent : vous,
non plus que bien d'autres, ne savez ce
que vous faites quand vous songez au mariage : il est le tombeau de l'amour entre
ceux qui s'aimoient auparavant, et il l'em-
pêche de naître jamais entre ceux qui ne
s'aimoient pas encore. Je suis belle, j'ai
de l'esprit, à ce que vous dites, et ces
deux qualités, qui font ici votre plaisir,
si la jalousie s'en mêloit, feroient un jour
votre douleur : jugez de ce que ce seroit
si vous vous trompiez aux jugemens fa-
vorables que vous faites de moi, et si
vous ne trouviez dorénavant qu'une laide
et une sotte où vous avez cru trouver une
belle et spirituelle personne. Ce changement est assez ordinaire, ne vous y trompez pas, car *je ne changerois point, vos
yeux pourroient changer* : un mari ne
voit jamais sa femme des mêmes yeux
dont il la voyoit n'étant enc
galant : en vain vou
vous en défendre,
damneroit, et, qui pi
expérience.

Héloïse, ayant prononcé ce   de
mots avec chaleur, se remit un peu ; puis
accablant de nouveau son cher amant de

mille faveurs nouvelles, elle ne le quitta
qu'avec regret, et après qu'il lui eut juré
de l'aimer toujours uniquement. Abailard sortit de cette conversation assez rêveur. Il aimoit vraiment Héloïse avec
excès, et sa grossesse avoit plutôt aug-
menté que diminué sa passion. Quand il
venoit à penser qu'elle alloit se trouver
exposée à la colère et à la rage du chanoine, cette idée le tourmentoit cruellement. Il la communiqua à Héloïse, qui
le tira en partie de son embarras, en con-
sentant qu'il mît ordre à lui faire faire ses
couches secrètement et loin de la présence
de Fulbert. Les affaires étoient en cet état
quand on avertit Abailard que la faction
de ses ennemis étoit dissipée ; que Champeau, qui l'avoit tourmenté avec plus de
violence depuis qu'il s'étoit fait moine,
avoit été élu évêque de Châlons, où il
s'étoit retiré. Cela l'obligea à retourner
encore une fois à Paris, où il fut reçu
avec tout l'applaudissement imaginable.
Il y demeura depuis assidûment, sans
qu'il lui arrivât rien de singulier, jusqu'à
ce qu'Héloïse se trouvant si avancée dans
sa grossesse, qu'elle ne pouvoit plus le
cacher, pria son amant de l'enlever, afin
qu'elle pût faire ses couches en sûreté. Il
l'enleva un soir de la maison de sa mère,

et la mena en Bretagne, où, l'ayant mise chez une sœur qu'il avoit, elle y accoucha d'un fils, qui, pour sa ressemblance avec Abailard, sembloit porter le nom de son père écrit sur son visage. Cet enlèvement et sa cause ne pouvoient pas être long-tems secrets, aussi furent-ils bientôt découverts par une aventure néanmoins assez particulière. Alberic étoit arrivé à Paris le jour avant qu'Abailard eût enlevé Héloïse, et, ayant été le même jour chez Fulbert dans le dessein d'exécuter sa parole, il apprit de lui que sa nièce étoit à Corbeil, où il l'avoit envoyée pour éviter la présence et les importunités du docteur. Alberic fut très-satisfait du soin qu'on avoit pris de lui conserver l'objet de son amour, et se disposa à aller le lendemain à Corbeil, pour tâcher de résoudre Héloïse au choix que son oncle avoit fait en lui destinant sa nièce; mais son amour impatiente ne lui permit pas d'attendre si long-tems, et le fit partir le soir même, afin qu'il s'y trouvât plus matin le lendemain. Dès que le jour parut, il fut dans la maison où elle logeoit demander de ses nouvelles. Comme on ne s'étoit pas aperçu de sa fuite, on lui dit que sans doute elle seroit dans sa chambre. Il y alla, et n'y trouva

personne ; il s'y arrêta pendant qu'on la
fut chercher, mais on en revint sans l'a-
voir trouvée. Les uns, les autres commençoient à être en peine du lieu où elle
étoit, quand on trouva un billet dans sa
chambre, à l'adresse de la femme qui de-
meuroit dans cette maison, qu'Alberic
ne savoit point être la mère d'Héloïse : il
étoit ouvert, et Alberic, l'ayant lu, apprit avec un grand étonnement la naissance
et la qualité des parens d'Héloïse, et en
même tems son enlèvement par Abailard.
La surprise de cet amant, à la lecture de
cette lettre, ne se peut exprimer ; la fuite
de sa maîtresse, dont il ne savoit ni les
raisons, ni les circonstances, l'embar-
rassa d'abord : mais venant à penser
qu'elle étoit fille du chanoine Fulbert et
de cette femme, il conçut un tel dégoût,
qu'il ne pouvoit songer à elle ni à tout ce
qu'il avoit fait pour elle sans un furieux
chagrin. Il ne demeura guère dans cette
maison, et, sous prétexte de venir apprendre à Fulbert ce qui s'étoit passé,
il s'en revint à Paris, où, ayant d'abord
appris qu'Abailard en étoit absent, il ne
douta pas que ce ne fût lui qui eût enlevé
Héloïse. Un peu de jalousie réveilla le
reste de son amour, et l'un et l'autre lui
firent concevoir une si forte haine contre

Abailard, qu'elle dura autant que sa vie.
Il fit avertir Fulbert de l'enlèvement de
sa fille, et témoignant y prendre grande
part, lui promit de le venger du ravisseur.
Jamais colère ne fut pareille à celle du
chanoine à cette fâcheuse nouvelle. S'il
eût su le chemin que ces deux amans
avoient pris, sans doute qu'il les auroit
suivis, et auroit donné des marques de
son ressentiment par quelque cruelle
action ; mais, ignorant leur route, il fut
contraint de suspendre l'exécution de sa
vengeance. Cependant son humeur s'a-
doucit un peu, le retardement du retour
d'Abailard lui permit de faire des réflexions qui le désarmèrent en partie et lui
inspirèrent des desseins moins violens.
Abailard, dont bien lui prit, vint dans le
tems de ces réflexions. Le chanoine n'eut
pas plutôt appris son arrivée qu'il alla
chez lui, et, l'y trouvant seul, lui demanda froidement des nouvelles d'Héloïse. Le docteur ne dissimula point, et,
sur sa première question, le croyant ins-
truit de tout, lui dit sans façon qu'il l'a-
voit menée chez une sœur qu'il avoit
pour y faire ses couches plus secrètement
qu'elle n'eût pu faire à Paris ni à Corbéil.
Fulbert, qui n'avoit fait provision que
d'autant de constance qu'il lui en fallait

5.

pour supporter le rapt de sa fille, en manqua lorsqu'il apprit sa grossesse. Il ne pensa pas qu'il avoit été autrefois dans un pareil embarras. Toutes les paroles que la rage et le désespoir peuvent suggérer à une personne outrée furent proférées par le chanoine. Il n'est injures, reproches ni menaces dont il n'accablât Abailard, qui, s'examinant lui-même pendant qu'on le querelloit, se disposoit à faire au chanoine toutes sortes de réparations. Il lui laissa tout dire, et, quand il vit qu'il s'étoit épuisé à force de crier, il prit la parole et lui confessa ingénuement son crime. Cette confession réveilla les emportemens de Fulbert, qui, ayant repris quelque peu de forces, les eut bientôt épuisées à quereller de nouveau. Enfin, s'étant tu, Abailard reprit la parole, et, voyant combien le tems lui étoit précieux, il dit, le plus vîte qu'il put, qu'un ardent amour étoit la seule cause de tout ce qui étoit arrivé ; que cet amour duroit encore, et qu'il étoit près de donner à lui et à Héloïse toutes les satisfactions qu'il faut à ces sortes d'injures. Vous l'épouserez donc, interrompit brusquement Fulbert ? Oui, répondit Abailard, si vous le voulez, et si elle y veut consentir. Si je le veux ! dit le chanoine, puis s'arrêtant un peu : si elle y consent, reprit-il ; et doutez-vous de l'un ni de l'autre ? Il s'alloit encore emporter là-dessus en raisonnemens bilieux et colériques si l'impatient docteur ne l'eût prié premièrement de se taire, et ensuite de permettre que son mariage fût secret pendant quelque tems.

Le chanoine ne pouvoit consentir que, le déshonneur fait à sa fille ayant été public, la réparation qu'on lui en faisoit fût secrète ; mais Abailard lui représenta que puisqu'il alloit être son gendre.... Mon gendre ! interrompit Fulbert, qui ne croyoit pas que le docteur sût son histoire amoureuse : vous vous trompez, c'est mon neveu que vous allez devenir. Je m'en rapporte à Héloïse, de qui je le sais, reprit Abailard, qui ne vouloit pas contester sur cet article : mais votre gendre ou votre neveu, puisque je vais entrer dans votre famille, il me semble que vous devez avoir quelqu'égard à mes intérêts, qui vont devenir commun entre nous ; et vous voyez quelle confusion ce me seroit si mon mariage, sur-tout dans ces circonstances, étoit si tôt su dans le monde. Fulbert rougit de voir qu'Abailard n'ignoroit pas les petites galanteries de sa jeunesse, et il en fut mortifié ; ce qui ne contribua pas peu à lui faire accorder ce qu'on lui demandoit. Il fut donc résolu entre eux que, quand Héloïse seroit accouchée, Abailard l'épouseroit ; que néanmoins ou tiendroit l'affaire secrète jusqu'à nouvel ordre. Les choses ainsi pacifiées, Abailard retourna sous peu de jours en Bretagne, pour y voir son épouse future et l'avertir de tout ce qui s'étoit passé. Le courroux de son père ne l'étonna pas : la seule résolution de l'épouser où elle vit son amant la fâcha. Elle lui redit alors plus fortement que jamais tout ce qu'elle lui avoit dit autrefois sur ce sujet ; et ce fut là qu'Abailard admira son esprit, son amour et son désintéressement ; mais il lui représenta si bien la nécessité qu'il y avoit qu'ils s'épousassent, la parole qu'il en avoit donné, la colère de Fulbert, s'il manquoit à ce qu'il lui avoit promis, et les dangereux effets de sa colère contre l'un et l'autre ; qu'elle consentit enfin à tout ce qu'il voulut, avec regret néanmoins. L'amoureux docteur voulut demeurer auprès d'elle jusqu'à ce qu'elle fût accouchée, ce qui arriva bientôt. Quand elle fut remise, il revint avec elle à Paris, où il tint sa parole à Fulbert, qui, de son côté, n'en fit pas de même. Cela veut dire qu'Abailard épousa Héloïse, et que le chanoine le publia d'abord par-tout.

Si je n'écrivois qu'une histoire ordinaire, je pourrois finir en cet endroit, le
mariage étant toujours la conclusion des
romans, des nouvelles et dés comédies :
je ne le ferai pourtant pas encore ; et puisque je me suis engagé à écrire les amours
d'Abailard et d'Héloïse, comme leur
mariage n'a pas été la fin de leurs amours,
j'aurois grand tort d'en faire celle de mon
ouvrage. Les héros profanes ne recon-
noissoient aucun amour au-delà de l'union
conjugale ; là se terminoient tous leurs
soins et tous leurs empressemens : mais
nôtre héros étoit plus éclairé ; il étoit aussi
bon chrétien que le pût être un grand philosophe et un grand théologien en même
tems, et n'avoit garde de n'aimer plus
Héloïse devenue sa femme, lui qui connoissoit et qui avoit cent fois prêché l'obligation et l'effet du sacrement de mariage.

Fulbert, comme j'ai déjà dit, publia
par-tout celui de sa fille, qu'il s'étoit engagé à tenir secret. Alberic, qui avoit
toujours entretenu un petit commerce avec
le chanoine, pour savoir de lui quelle seroit l'issue des amours d'Abailard et
d'Héloïse, fut le premier à qui le mystère fut révélé, et ne fut pas des derniers
à en faire le récit. Déjà presque tout le
quartier en étoit informé ; cette nouvelle

se disoit par-tout à l'oreille : on commençoit même à le dire si hautement qu'on
ne se cachoit plus d'Abailard ni d'Héloïse,
à qui chacun en venoit parler. Abailard
se retiroit de honte et de confusion ; il
n'osoit paroître devant les gens, et son
savoir qui l'avoit fait connoître de tout le
monde, fut en partie la cause qu'il fut
aussi blâmé de tous ceux qui le connois-
soient. C'eût bien été pis si Héloïse, qui
aimoit cent fois plus Abailard qu'elle-
même, et plus la réputation de son cher
docteur que sa propre gloire, ne se fût
opiniâtrée à désabuser chacun de cette
opinion. Elle soutenoit par-tout que c'étoit
pure médisance et calomnie que le bruit
qu'on faisoit courir de leur mariage ;
qu'Abailard n'avoit jamais eu de pareilles
pensées ; que quand il les auroit eues, ce
n'auroit été qu'inutilement, puisque jamais elle n'y auroit consenti. Enfin elle
parla de cette affaire si négativement, et
avec tant de chaleur, pour en ôter la
croyance, qu'elle en vint presque à bout,
et l'on commençoit à dire que c'étoient
les ennemis du docteur qui avoient semé
cette fausse nouvelle pour le décrier.
Fulbert sut ce second bruit, et sut de
plus qu'Héloïse seule en étoit la cause ;
ce qui le mit dans une si furieuse colère

contre elle, qu'il ne se contenta pas de la
quereller et de la menacer, il en vint
jusqu'à la maltraiter cruellement. Abailard, qui aimoit autant sa femme que
quand elle n'étoit que sa maîtresse, et
qui ne pouvoit souffrir les mauvais traitemens que son père exerçoit tous les
jours contre elle, sachant surtout qu'elle
ne se les attiroit qu'à sa considération,
résolut d'y mettre ordre et de la tirer de
ses persécutions continuelles. Pour cet
effet il se consulta avec Héloïse, et ils
conclurent ensemble que, pour se tirer
tous deux d'affaire, lui des contes fâcheux
qu'on faisoit par-tout, et elle des mains
et de la méchante humeur du chanoine,
il fallait qu'elle se retirât dans un monastère de nonnains, au bourg d'Argenteuil, où elle avoit été élevée dans sa
première jeunesse ; et qu'elle y prît tous
les habits de religieuse, hormis le voile ;
afin qu'elle pût en sortir quand l'occasion
favorable s'en présenteroit. Ce dessein
fut proposé, approuvé et exécuté pres-
qu'en même tems, et, par ce moyen,
ils étouffèrent entièrement tous les bruits
qui couroient de leur mariage. Mais le
dangereux chanoine n'avoit pas été appelé dans cette consultation, et il étoit
très-mal aisé qu'elle pût réussir heureu-

sement sans qu'il l'approuvât. Il apprit
la résolution de ces deux époux, et il ne
put l'apprendre sans un renouvellement
de chagrin et de colère. Cette retraite le
choquoit furieusement : il croyoit que,
bien loin qu'elle mît à couvert la réputation de sa fille, elle achevoit de l'accabler
de honte, ce qui fut cause qu'il délibéra
dès ce moment de se venger un jour bien
cruellement d'Abailard. Avant qu'il en
eût trouvé la commodité, Abailard et
Héloïse passèrent bien de doux et de
cruels momens ensemble. Celle-ci étoit
déjà connue dans ce monastère, comme
j'ai dit : si bien qu'elle y fut reçue avec
plaisir et caressée de toutes les religieuses,
qui étaient ravies d'avoir une si aimable
personne parmi elles. C'étoit par hasard
dans ce même couvent que Luce, mère
d'Abailard, avoit pris l'habit ; lorsque
son mari Béranger et elle quittèrent le
monde.

Elle y étoit encore quand Héloïse y
fut, elles s'y virent et contractèrent ensemble une amitié très-particulière. Comme Luce ne savoit rien des aventures de
nos amans, et qu'elle croyoit que le dessein d'Héloïse étoit véritablement de finir
ses jours dans ce monastère, elle voulut
lui ouvrir la première son cœur, et lui

faire une confidence de laquelle pourroit
dépendre tout le repos de sa vie. Je ne
doute pas, lui dit-elle, que le motif qui
vous oblige à vous retirer dans cette maison ne soit des plus raisonnables et des
plus saints ; mais je doute si vous savez
bien à quoi vous vous engagez, et si vous
ne vous trompez point dans les douceurs
que vous espérez de trouver dans la vie
religieuse. Comme cette vie est plus retirée et plus cachée que les autres, elle
est aussi beaucoup plus difficile à connoître, et il n'est guère que notre expérience
qui puisse nous la découvrir à fond. Tout
n'y est pas doux, tout n'y est pas saint,
et on n'y trouve plus qu'on ne croit d'a-
mertumes et de débauches. Luce, qui,
depuis le tems qu'elle vivoit dans ce monastère, en avoit découvert tous les abus,
et qui s'étoit repentie plus d'une fois de
s'y être imprudemment engagée, se pré-
paroit à faire un long discours sur cette
matière, pour détourner Héloïse : mais
celle-ci, qui connut son dessein, la prévint
en lui racontant la véritable histoire de
sa vie, et la priva ainsi du plus grand
plaisir que puissent recevoir les vieilles
gens, qui est de parler et de s'entretenir
de leurs infortunes : elle lui apprit donc
ses amours avec Abailard dans toutes les

1. 6

circonstances, leur mariage, les suites fâcheuses qu'il avait, enfin la raison pour laquelle elle s'était retirée dans ce couvent, sans nulle envie pourtant de s'y enfermer le reste de ses jours.

Luce écouta cette histoire avec étonnement, et, admirant les divers changemens arrivés en leurs amours, témoigna prendre beaucoup de part à toutes leurs aventures. Elle considéra dès-lors Héloïse comme sa fille, et, remarquant en elle tant d'esprit, tant de beauté, ne put jamais désapprouver la passion de son fils : bien loin de cela, elle voulut contribuer de tout son pouvoir à leurs entrevues, et donner à ces amans séparés la satisfaction qu'ils souhaitoient si fort. Cela ne fut pas mal-aisé. Les grilles, en ce couvent, n'étoient pas d'un difficile accès ; les parloirs n'étoient pas des terres inconnues, et il ne fallait pas beaucoup de mystère pour y être reçu. Néanmoins, comme Abailard n'avait aucune habitude dans cette maison, et qu'il avoit des mesures à garder pour n'être pas découvert, il n'auroit pu voir guère souvent Héloïse sans l'assistance de sa mère, qui s'y trouva fort à propos pour favoriser les empressemens de ces deux amans mariés. Ils se virent quelquefois par ce moyen, parce qu'il ne demandoit jamais sa mère qu'elle ne fît venir Héloïse avec elle. Ces visites étoient pourtant si rares et si contraintes, aux prix de celles qu'ils avoient accoutumé de se rendre, qu'elles ne faisoient que leur inspirer le désir de se voir plus souvent et avec plus de liberté. Ils se communiquèrent leurs désirs, et Héloïse fut chargée du soin de chercher quelqu'invention pour les satisfaire.

L'esprit d'une femme, et d'une femme qui aime, et qui, outre cela, se trouve enfermée dans un couvent, ne manqua jamais de moyens pour en sortir, et pour donner, malgré tous les obstacles, des preuves de sa passion ; Héloïse aimoit, elle avoit de l'esprit, et un peu de cet air de grille qui entreprend tout pour la liberté. Avec toutes ces qualités elle ne tarda guère de venir à bout de ses desseins. Comme ces sortes de parties se peuvent difficilement faire par une seule personne, elle fit amitié avec une religieuse qui ne cherchoit qu'une compagnie pour faire ensemble une pareille promenade. Ce n'est pas que cette religieuse n'en eût pu trouver dans ce couvent autant qu'il y avoit de jeunes dames ; mais elle connaissait leur fidélité, leur prudence et leur amitié, et n'osoit s'y confier. Ces

entreprises sont dangereuses quand elles
sont découvertes ; elles demandent de la
hardiesse et du secret, et peu de filles en
sont capables. Elle crut avoir trouvé dans
Héloïse ce qu'elle cherchoit. Un jour,
après lui avoir fait cent caresses, elle lui
fit le récit d'une intrigue qu'elle avoit
avec un gentilhomme qu'elle aimoit véritablement, et lui déclara qu'elle seroit
bien aise de le voir chez lui. Héloïse lui
rendit confidence pour confidence, lui
parla de son amour pour Abailard, sans
lui rien découvrir de leur mariage, et dit
aussi qu'elle seroit très-contente si elle
pouvoit le voir en liberté. Elles com-
mencèrent à travailler à leur dessein,
par une amitié qu'elles firent naître entre
Abailard et Baudouin, c'étoit le nom du
gentilhomme. Elle fut d'abord forte,
tant par l'estime qu'ils conçurent l'un
pour l'autre, que par le rapport qu'il y
avoit dans leurs fortunes amoureuses.
Baudouin avoit une belle maison auprès
d'Argenteuil, qui sembloit avoir été bâtie
exprès pour de semblables parties. Elle
fut donc destinée à cet emploi, et ce fut
là que nos aventurières se rendirent environ vers minuit, après être sorties du
couvent à l'aide d'une échelle de soie
que leurs amans leur tenoient. Le jour

avant leur départ, elles disoient à leurs bonnes amies qu'elles avoient beaucoup affaire ce jour-là ; qu'elles n'auroient pas besoin d'être détournées, puisqu'elles avoient de l'occupation jusqu'à quatre heures du matin. Leurs amies, qui les croyoient, les laissoient en liberté, et cependant elles sortoient de leur chambre, où elles laissoient de la lumière, ce qui faisoit croire qu'elles y étoient et qu'elles travailloient véritablement toute la nuit. Pendant ce tems, elles étoient, chacune dans les bras de son amant, occupées à goûter de grandes douceurs, non de celles qu'on promet aux jeunes filles qu'elles trouveront dans un monastère, mais de celles qu'elles ne trouvent jamais que quand elles sortent.

On avoit déjà fait trois fois ce pélerinage fort heureusement quand, au quatrième, Baudouin, un peu dégoûté de sa nonnain, commença à trouver plus de charmes dans celle d'Abailard, car il croyoit qu'Héloïse étoit effectivement religieuse. Le docteur ne lui avoit point dit que ce fût sa femme, il s'étoit contenté de lui dire qu'ils s'aimoient assez fortement. Le gentilhomme crut qu'Abailard seroit aussi dégoûté de sa maîtresse que lui l'étoit de la sienne. Un soir donc

6.

qu'ils étoient tous quatre ensemble,
Baudouin, le tirant en particulier, lui
proposa de faire un échange, et dit que
sans difficulté elles y consentiroient; qu'a-
près ce qu'elles avoient déjà fait, elles
n'étoient plus en état de rien refuser, et
que ce changement ne pouvoit être que
bien agréable pour chacun; que c'étoit
le véritable ragoût des plaisirs; que ce
procédé ne devoit point s'appeler infidé-
lité auprès des voilées, à qui tout homme
est bon, et qu'il étoit sûr et plus avantageux même de leur proposer un changement en faveur de l'un et de l'autre, que
si elles-mêmes changeoient sans leur en
donner avis en faveur de gens qu'ils ne
connoîtroient point, ce qu'elles ne man-
queroient jamais de faire. Cette proposition fut très-mal reçue par le docteur,
qui n'osait dire les raisons de sa répugnance. Il ne vouloit absolument point découvrir qu'Héloïse fût son épouse, et il voyoit
encore bien plus d'obstacles à laisser ca-
resser sa femme par un autre en sa présence et presque de son consentement;
il trouvoit quelque chose d'extraordinaire
dans cette aventure, qu'un homme, lui
vînt dire à lui-même qu'il aimoit sa femme
et qu'il vouloit la posséder, sans qu'il le
pût trouver mauvais, bien loin qu'il pût

s'en fâcher : cela le jeta dans un grand chagrin. Baudouin s'en aperçut, et, croyant que la tristesse qui paroissoit dans ses yeux ne procédoit que d'une tendresse de cœur et de certaine délicatesse d'amitié, il lui fit la guerre comme d'une foiblesse indigne d'un grand courage. Il lui dit que de pareils sentimens n'avoient jamais été que le partage des petits esprits, bien loin d'avoir été du goût des honnêtes gens ; qu'un homme du monde, d'esprit et de savoir devoit avoir d'autres pensées plus nobles et plus fermes ; que ces passions violentes et jalouses n'étoient pardonnables qu'aux jeunes enfans qui commençoient seulement à aimer ; qu'il ne falloit jamais être jaloux d'une fille, et non pas même le plus souvent d'une femme. Ces paroles pleines de sentences, et prononcées d'un ton d'autorité, trouvèrent quelque place dans l'esprit d'Abailard ; mais la pensée qui lui venoit là-dessus, qu'Héloïse étoit sa femme, gâtoit tout. Enfin il chercha un expédient qui pût l'empêcher d'être déshonoré et aussi de passer pour fat dans l'esprit de Baudouin. Il lui dit donc qu'il étoit entré dans son sens, qu'il goûtoit parfaitement toutes ses propositions ; que néanmoins, si dans leurs maîtresses ils trouvoient de la répugnance à cet échange, il ne faudroit pas les pousser à bont ni en venir à la violence avec elles. Ah! lui répondit Baudouin, nous ne serons pas en ces peines, et je vous en réponds. Mais Abailard se seroit bien passé pour lors d'un pareil répondant. Les choses se disposoient à ce plaisant échange quand le docteur se rencontra avec Héloïse, et, s'approchant d'elle, lui dit tout bas que son compagnon d'intrigue voudroit peut-être badiner avec elle, et même pousser la fleurette un peu plus avant; qu'il s'en doutoit et qu'il la supplioit d'y prendre garde, et de se ressouvenir de ce qu'ils étoient l'un à l'autre; que le mariage étoit le premier et le plus grand de tous les sacremens, ou du moins le plus délicat; qu'elle tâchat de détourner Baudouin de son dessein par de belles raisons, ou par prières, ou par adresse, ou par fuite : sur-tout qu'elle ne lui parlât pas de son mariage. Les affaires se ménageoient de la sorte quand Baudouin, s'approchant d'Héloïse, en fit retirer Abailard malgré lui. D'abord il la caressa, et, riant toujours avec elle, la mena insensiblement dans un petit cabinet, où il se mit en devoir d'exécuter le projet qu'il avoit fait : mais elle dit et fit tant de choses pour s'en défendre, que Baudouin la quitta mal satisfait de voir ses espérances perdues. Pendant tout ce tems, le triste et jaloux Abailard avoit beaucoup souffert, et en avoit bien eu du sujet. Il entendoit parler Héloïse et ne savoit si c'étoit pour accorder ou pour refuser ; elle soupiroit de tems en tems, et il ne savoit de quoi, ni pourquoi, si c'étoit de chagrin ou de plaisir : elle crioit si peu et si bas, qu'il en enrageoit , croyant qu'elle ne parloit ainsi que de peur d'être entendue, et par conséquent d'être secourue. Toutes ces différentes pensées firent un si funeste effet sur son esprit, que son corps s'en ressentit : il devint froid et pâle, fit appréhender pour sa santé quand on le vit en ce pitoyable état. Il reprit pourtant ses forces dès qu'il vit sa chère Héloïse de retour, et après l'avoir long-tems questionnée, grondée et querellée, il fit la paix en mari, et chacun se retira chez soi. Le départ de Baudouin mit bien-tôt fin à ces agréables parties, de quoi le docteur ne fut guère fâché, à cause que cette manière de faire l'amour si cavalièrement lui déplaisoit. Pour nos amans, ils cherchèrent plusieurs autres moyens de se voir, dont beaucoup leur réussirent heureusement ; mais, hélas !

non pas tous, et le moment fatal à leurs plaisirs étoit arrivé, qui devoit les précipiter dans le plus grand de tous les malheurs. Voici comment.

Abailard, étant une fois introduit secrètement dans le monastère, fut assez hardi pour oser passer deux jours dans la chambre d'Héloïse. Il n'y fut point reconnu, et tout seroit bien allé, si la sortie eût répondu à l'entrée et au séjour ; mais une religieuse, qui avait quelque dessein dans l'esprit pareil à celui d'Héloïse, les aperçut, et vit qu'une sœur, à la faveur de la nuit, faisoit sortir un homme par une porte de derrière ; comme celle voilée étoit là pour en faire entrer par la même porte un autre qui l'attendoit, de chagrin de voir sa partie rompue, de jalousie et de méchanceté, elle fut avertir ses sœurs de cet accident scandaleux. Cependant Abailard se disposait à sortir sans lumière, comme on peut croire, et Héloïse se retiroit sans bruit. L'amant qu'attendoit cette autre nonnain se trouvant à la porte, dès qu'Abailard l'eût ouverte il la poussa et entra dans le couvent. Comme ce n'était pas un lieu à éclaircissemens, le docteur se contenta de sortir sans mot dire, et de se retirer pendant que celui qui étoit entré cherchoit et appeloit dou-

cement sa nonnain, et, entendant mar-
cher Héloïse qui se retiroit dans sa chambre, il croyoit que c'étoit sa maîtresse,
et la prioit de l'attendre, ce qu'elle ne
fit point; au contraire, elle redoubla le
pas, de peur d'être surprise. Sur cela,
fort à propos arrivèrent cinq ou six révé-
rendes pour s'éclaircir de ce que c'étoit,
à la tête desquelles marchoit la religieuse
outrée, qui leur exagéroit la grandeur et
l'énormité du crime, d'introduire un
homme dans leur maison. Sa plainte fut
trouvée juste, et son rapport véritable. En
effet, elles aperçurent bientôt un homme,
et, criant toutes sur lui, elles l'investirent.
Mais la religieuse espionne fut bien éton-
née quand elle vit que cet homme étoit
son amant, auquel elle avoit donné rendez-vous ce soir même. Cet homme ne
fut pas moins surpris de voir que sa maîtresse conduisoit cette sainte brigade qui
venoit de le découvrir. Il fut d'abord
reconnu pour Albéric, qui avoit été rival
d'Abailard, et qui, depuis quelque tems,
avoit une étroite familiarité avec la religieuse zélée pour l'honneur de l'ordre.
Ils furent tellement confus et déconcer-
tés l'un et l'autre, qu'il ne fallut point
d'autre preuve pour leur entière convic-
tion. Toute la peine où étoient les autres

dames étoit de savoir pourquoi cet homme
avoit été découvert par celle qu'il aimoit,
et pour qui appazemment l'aventure avoit
été entreprise : mais elles ne demeurè-
rent guère dans cette incertitude, et s'a-
perçurent bientôt que c'étoit l'effet de
quelque méprise. Elles s'en éclaircirent
pleinement en les interrogeant, et décou-
vrirent, par leur bouche, la vérité de
tout ce qui s'étoit passé. Malgré l'obscu-
rité, Alberic avoit reconnu Abailard,
il le dit à ces religieuses pour l'envelop-
per dans son malheur ; elles furent dans
la chambre d'Héloïse pour s'en assurer.
On l'étonna d'abord en lui disant qu'A-
bailard avoit été surpris comme il sortoit :
mais, pour tirer son cher époux de l'embarras fâcheux où cette affaire l'auroit pu
jeter, elle leur raconta l'histoire de leur
mariage. Toutes ces choses ne se passèrent point sans faire un grand désordre
dans cette maison. On s'y assembla pour
voir ce qu'on feroit d'Alberic : il fut résolu qu'on le mettroit dehors sans bruit,
pour éviter le scandale qu'une pareille
action auroit causé si elle avoit été sue.
Elles promirent même de tenir cette
affaire fort secrète : mais il étoit impossible, trop de filles le savoient. Suger,
abbé de S.-Denis, en fut averti ; il vint

faire sa visite dans ce couvent, où non-
seulement il apprit ce qui venoit d'arriver,
mais encore il découvrit tant d'intrigues
amoureuses, tant de débauches, tant de
prostitutions, qu'il résolut dès-lors d'a-
néantir entièrement ce monastère, dont les
débordemens étoient si excessifs : ce qu'il
exécuta bien peu d'années après, en chas-
sant toutes les religieuses qui étoient dans
le couvent d'Argenteuil, et en le repeu-
plant de moines de son Abbaye. Ce désordre fut bientôt su dans tous les environs
du pays, avec toutes les circonstances
par lesquelles on faisoit passer Abailard
et Héloïse pour les héros de cette fâcheuse
aventure. Cela vint bientôt aux oreilles de
Fulbert ; et le vindicatif Alberic, qui
sembloit n'être au monde que pour la
ruine du docteur, eut grand soin de le lui
confirmer. Le furieux chanoine, voyant
que l'honneur de sa fille n'étoit pas même
à couvert dans une maison qui étoit destinée au service de Dieu, résolut de se
venger d'une terrible manière, qui le
mettroit en état de n'avoir jamais plus
rien à craindre d'Abailard. Il exécuta ce
qu'il avoit résolu, et, par l'entremise
d'un valet du docteur qu'on suborna, et
qui ouvrit la chambre de son maître la
nuit pendant qu'il dormoit, on le punit

dans la partie qu'il avoit péché, et on le
mit en état de ne pouvoir jamais devenir
père. Enfin on exerça sur lui cette horrible cruauté dont les siècles suivans ont
tant parlé ; et Fulbert, par ce moyen,
trouva le secret de se venger en même
tems, et par un même coup, d'Abailard
et d'Héloïse. Ce crime ne demeura pas
long-tems impuni ; la justice fit prendre
Fulbert avec le valet d'Abailard, qui
l'avoit si lâchement trahi, et l'un et l'autre
furent condamnés à souffrir la même peine
qu'ils avoient fait souffrir, et outre cela à
perdre les yeux. Ce funeste accident fit
un grand bruit dans le monde et donna
matière de parler à bien des gens. Pour
Abailard, il étoit inconsolable de ce malheur : la honte le fâchoit bien plus que
la perte qu'il avoit faite, et le genre de
supplice, beaucoup plus que le supplice
même. Il crut qu'il n'oseroit jamais repa-
roître dans le monde, et résolut dès ce
moment de se bannir lui-même des hommes ; ce qui l'obligea à passer le reste de
ses jours en des retraites, éloigné de toutes sortes de personne et du commerce
du monde, hors celui de sa chère Héloïse,
qui s'étoit aussi jetée en même tems
dans un cloître, et que la nouvelle de cet
accident mit dans une affliction incon-

cevable, dont il lui fut impossible de pouvoir jamais se consoler, ainsi qu'il paroît dans toutes les lettres qu'elle écrivit à son cher Abailard, qui font assez connoître combien elle étoit sensiblement touché de son malheur. Elle ne pouvoit supporter cette sorte d'infortune; elle ne pouvoit comprendre les raisons de la justice divine, qui avoit laissé impuni avant leur union, quoiqu'alors il fût criminel, et qui, maintenant que leurs plaisirs étoient devenus chastes et innocens, punissoit leur mariage des peines qui ne sont dues qu'à l'adultère. C'est là le sujet de sa plainte et de son étonnement dans la plupart des lettres qu'elle écrivoit à Abailard, et qui, étant parvenues jusqu'à nous, nous font admirer chaque jour l'esprit et la tendresse de celle qui les a écrites. C'étoit dans ces lettres, que nos amans s'écrivoient fort souvent depuis leur accident, qu'ils trouvoient la seule satisfaction dont ils étoient capables, et que malgré tous les cruels caprices d'une fortune contraire, ils eurent le plaisir, jusqu'à la fin de leur vie, de se persuader l'un à l'autre d'un amour et d'une fidélité qui ne moururent qu'avec eux.

(La lettre suivante étant une peinture fidelle des malheurs de nos héros, nous nous sommes tien gardés d'imiter , en la tronquant , ceux qui ont donné précédemment des éditions de cet intéressant ouvrage. Nous préférons le langage naïf et sentimental d'Abailard aux froides et théologiques dissertations de M. C***.

Cette lettre, étant tombée par hasard entre les mains d'Héloïse, fut la source de toutes celles que s'écrivirent ces amans malheureux.)

HISTOIRE

DES

INFORTUNES D'ABAILARD.

*Lettre d'Abailard à Philinte, son
ami.*

La dernière fois que nous fûmes ensemble, Philinte, vous me fîtes un triste
récit des malheurs que vous avez éprou-
vés ; je vous plaignis, et, comme un véritable ami, je pris part à vos douleurs.
Que ne vous dis-je point pour essuyer
vos larmes ? Je vous mis devant les yeux
toutes les raisons que la philosophie me
pouvoit fournir, et que je crois capables
d'adoucir les blessures que la fortune vous
avoit faites : tous ces soins ont été inutiles.
J'apprends que vous avez toujours été
occupé de vos chagrins, et que, loin de
vous soutenir, votre sagesse semble vous
abandonner. Mon amitié ingénieuse trouve
un moyen de vous consoler, écoutez-moi

7.

un moment : voyez le long enchaînement
de mes malheurs, vos maux, Philinte,
ne vous paroîtront plus rien, si vous les
comparez avec ceux qu'a soufferts le tendre et malheureux Abailard. Songez à
l'effort que je fais, et tenez-moi compte
de vous tracer ici des choses qui ne peuvent se présenter à mon esprit sans pénétrer en même tems mon cœur d'une
affliction mortelle. J'avois dans ma jeunesse le défaut qu'on attribue à ma nation,
c'est-à-dire une grande légèreté: je ne
décèle pas aussi, je vous dirai hardiment
les bonnes qualités qu'on remarquoit en
moi : j'étois vif et propre à l'étude de tous
les beaux arts. Mon père, quoique gentilhomme, étoit assez habile; il aimoit pas-
sionnément la guerre : mais il étoit bien
différent des autres guerriers, il ne faisoit
point gloire du titre d'ignorance, et, au
milieu des camps, il savoit accorder les
Muses avec Bellonne. Il étoit le même
dans son château, il prenoit autant de
soin de former ses enfans dans l'étude
des belles lettres, que dans les exercices
de l'art militaire. J'étois son fils aîné, et
par conséquent celui qu'il chérissoit le
plus. Mon penchant me portoit à l'étude,
et j'y faisois des progrès incroyables.
Charmé des louanges qu'on me donnoit

de toutes parts, je résolus de ne chercher de réputation que par la science : je laissai à mes frères la pompe des triomphes et de la gloire des combats. Je fis plus, je leur cédai mon droit d'aînesse et mes biens de patrimoine; je savois que la seule nécessité excite le besoin d'apprendre, j'avois peur de ne pas bien mériter le nom de savant, si je ne me distinguois des autres par un revenu considérable de toutes les choses qu'on enseignoit dans les classes de philosophie; rien ne fut plus de mon goût que la dialectique. Animé de ces raisonnemens, je me faisois un plaisir d'aller dans les disputes publiques entasser des trophées, et, comme un nouvel Alexandre, je courois de province en province chercher des ennemis avec qui je mesurois mes forces.

Enfin le désir de me rendre formidable dans la dialectique me conduisit à Paris, qui étoit le centre des beaux esprits, et où la science que j'aimois commençoit à naître · je me mis sous la conduite d'un professeur nommé Champenu; il passoit pour le plus habile philosophe de son siècle, parce qu'il étoit le moins ignorant. Je fus d'abord reçu de lui à bras ouverts; j'entendois trop bien les matières qu'il traitoit; je voulus réfuter ses sen-

timens, et, dans nos disputes, je lui por-
tois souvent des coups que sa subtilité ne
pouvoit parer. De quoi n'est point capable
un maître qui se voit surpassé par son
disciple ? Il est quelquefois périlleux d'a-
voir trop de mérite :

Ces superbes rochers qui menacent les Cieux
    Eprouvent les premiers la foudre ;
Ces chênes dont la cîme est cachée à nos yeux
    Sont les premiers réduits en poudre :
Plus le mérite est grand, plus on a d'envieux.

L'envie s'éleva contre moi à mesure
que ma réputation s'augmentoit. Mes
ennemis vouloient interrompre mes progrès, mais leur malice ne fit qu'enfler
mon courage. Comme je voyois la force
de mon savoir par la jalousie que je cau-
sois, je crus qu'au lieu de me soumettre
aux leçons de Champeau, j'étois en état
d'en donner. Je briguai une place qui étoit
vacante à Melun. Mon maître mit en usage
toute la politique pour détruire mes espérances, mais elle ne fut pas assez forte,
et, dans cette occasion, je triomphai de
son adresse, comme j'avois, sur les bancs,
triomphé de sa doctrine. On venoit en foule
m'entendre, et mes commencemens furent
si heureus, que j'obscurcis entièrement
la renommée de mon fameux maître.

Enflé de mes heureuses conquêtes, je transportai mon camp à Corbeil, afin de donner de plus rudes assauts à ceux qui me voudroient disputer la gloire de la dialectique : à force de travailler je fus agité d'une maladie dangereuse. Ne pouvant reprendre mes forces, les médecins, qui s'entendoient peut-être avec Champenu, m'ordonnèrent de prendre mon air natal : ainsi je m'exilai volontairement pendant quelques années. Je vous laisse à penser si j'étois regretté des honnêtes gens. J'avois déjà repris toute ma première vigueur lorsqu'on m'annonça que mon plus grand ennemi avoit pris l'habit de moine : vous vous imaginez que c'étoit pour faire pénitence de m'avoir persécuté : rien moins que cela, il avoit de l'ambition, et tâchoit de s'élever aux dignités ecclésiastiques ; il fit ce que font les autres, et se couvrit du manteau d'une feinte austérité. C'est le plus facile et le plus court chemin de la richesse. Ce qu'il espéroit arriva, il obtint un évêché : cela ne le fit pas quitter Paris ni le soin de ses écoles ; il alloit à son diocèse chercher ses revenus, et passoit le reste du tems dans son cloître ; à donner des leçons au peu d'écoliers qui l'écoutoient. J'en vins encore aux mains avec lui, et je pourrois dire ce que disoit Ajax :

Désirez-vous d'apprendre
Le succès de tous vos combats?
Si nous ne pûmes pas la forcer à se rendre;
Du moins nous ne cédâmes pas.

En ce tems-là, mon père Béranger,
qui, jusqu'à l'âge de soixante ans, avoit
vécu fort agréablement dans le monde,
s'étoit enfermé dans un cloître, où il sa-
crifioit à Dieu les restes languissans d'une
vie dont il ne pouvoit plus jouir : ma mère,
qui étoit encore jeune, prit la même résolution, elle se fit religieuse, sans cependant renoncer aux plaisirs; ses amis étoient
tous les soirs à la grille. Le monastère,
quand on le veut, a bien des charmes et
des douceurs. Je me trouvai à la prise
d'habit de ma mère ; à mon retour je voulois pénétrer dans les secrets de la théologie, je cherchois par-tout un guide:
j'eus recours à un vieillard nommé Anselme, l'oracle de son tems ; mais si vous
voulez que je vous dise ce que j'en pensois,
il étoit plus vénérable par l'antiquité et les
rides de son front, que par son esprit et
sa science. Si vous l'alliez consulter sur
quelque difficulté, vous en reveniez plus
incertain qu'auparavant ; ceux qui se con-
tentoient de le regarder l'admiroient,
mais ceux qui le questionnoient ne pou-

voient supporter ses réponses. Il avoit une grande facilité de parler ; il disoit beaucoup, et ne disoit rien. C'étoit un feu qui, loin d'éclairer, remplissoit tout de fumée ; c'étoit un arbre qui avoit des branches et des feuilles en abondance, et qui ne donnoit aucun fruit. Je vins à lui avec le désir d'apprendre, mais je connus que c'étoit le figuier dont parle l'évangile, ou le vieux chêne à qui Lucain compare Pompée. Je ne restai pas long-tems à son ombre, je pris pour pilote les saints pères, et je m'exposai hardiment sur la mer orageuse de l'écriture sainte : j'y devins si habile que les autres me choisirent pour les conduire : le nombre de mes disciples étoit innombrable, et les récompenses que j'en recevois égaloient la gloire que je m'étois acquise ; je me voyois dans le port, les orages étoient évanouis, tous les traits de mes ennemis étoient émoussés et sans force : heureux si j'avois su profiter de ma tranquillité ! mais lorsque l'esprit est content, il est difficile de défendre son cœur du funeste poison de l'Amour : c'est ici, Philinte, que vous allez voir mes foiblesses ; c'est en vain qu'on veut l'éviter : je crois que tous les hommes doivent payer le tribut de l'Amour J'étois philosophe ; mais ce tyran des ames triompha de toute ma sagesse ; ses flèches furent plus fortes que tous mes raisonnemens, il ne tarda guère à me faire suivre le penchant qu'il voulut : le ciel, au milieu des délices dont je m'enivrois, m'accabla de sa colère, je fus un exemple de sa vengeance, une victime d'autant plus malheureuse qu'en m'ôtant tous les moyens de me satisfaire il me laissa en proie à tous mes désirs criminels : je veux, mon cher, vous faire un récit fidèle de ma passion, vous jugerez si j'ai mérité un si rude châtiment.

Il y avoit dans Paris une jeune personne...... ah ! Philinte, l'amour avoit pris plaisir à la former, pour montrer qu'il peut, quand il lui plaît, faire un ouvrage achevé ; son nom étoit Héloïse ; elle passoit pour la nièce d'un chanoine nommé Fulbert, qui la chérissoit comme sa propre fille ; le visage et l'esprit de cette belle auroient charmé le cœur le plus insensible et le plus barbare ; son éducation étoit d'autant plus admirable qu'elle étoit peu commune. Héloïse possédoit la science des plus beaux arts : vous devez vous imaginer que cela ne servit pas peu à me toucher ; je la vis, je l'aimai, je formai le dessein de lui plaire ; le désir de la gloire s'étouffoit insensiblement dans mon cœur ;

je faisois tout céder à cette nouvelle passion, je ne songeois qu'à Héloïse : tout
retraçoit à mes yeux son image ; j'étois
rêveur, inquiet : mon amour étoit trop
fort pour en rester là. J'ai toujours eu
de la présomption, je me flattois déjà de
la plus douce espérance ; ma réputation
étoit par-tout répandue : une fille savante
pouvoit-elle refuser quelque chose à un
homme qui avoit confondu tous les savans
de son siècle? J'étois jeune, pouvoit-elle
se montrer insensible à des vœux que mon
cœur n'avoit encore formés que pour elle?
Enfin j'étois d'une taille assez avanta-
géuse, et, à voir mes habillemens, Philinte, on ne m'auroit jamais reconnu pour
un philosophe. L'habit, comme vous savez, n'est pas un des moindres moyens
de plaire aux femmes. Je tournois agréablement un billet amoureux, et j'espérois
que, si jamais elle me permettoit de l'entretenir absente, elle sentiroit avec joie
ce qui se passoit dans mon cœur. Remplit
de ces idees, je ne cherchai plus que
les móyens de lui parler : aux amans tout
est facile. Par l'entremise de mes amis,
je m'insinuai dans l'esprit de Fulbert ; le
croiriez-vous, Philinte, et devois-je m'y
attendre ? Il m'accorda sa table et un
appartement dans sa maison ; je lui donnai

I.   8

une somme considérable : les gens de ce
caractère ne font rien qu'à ce prix ; mais
que n'aurois-je point donné ? Ah ! mon
cher, vous connoissez l'amour, imaginez-
vous quel charme c'est pour un amant
bien enflammé de voir sans crainte ce
qu'il aime ; je n'aurais pas changé mon
bonheur avec celui du plus grand roi de
la terre ; je voyois Héloïse, je lui parlois,
je lui montrois dans toutes mes actions et
dans mes regards inquiets le trouble de
mon ame ; elle, de son côté, ne me donnoit aucun lieu de me désespérer. Fulbert
me pria de lui donner les premières tein-
tures de la philosophie : quel autre soin
pouvoit m'être plus cher ? Je me trouvois
souvent avec elle sans témoin ; cependant
il ne fut jamais un homme plus timide
que moi à déclarer son amour. Un soir
que nous étions seuls : Charmante Héloïse, lui dis-je en rougissant, si vous vous
connoissiez, vous ne seriez pas surprise
de la passion que vous m'avez inspirée ;
quoiqu'elle ne soit pas commune, je n'ai
que des termes ordinaires pour vous l'exprimer : je vous aime, adorable Héloïse.
J'ai cru jusqu'à présent que la philosophie
nous rendoit maîtres de toutes les passions;
que c'étoit un azile d'où l'on voyoit en sûreté les naufrages et les agitations des foi-

bles mortels : vous avez confondu toute
ma fermeté ; j'ai méprisé les richesses,
la pompe des grandeurs ne m'a jamais
ébloui, la seule beauté m'a charmé : heureux si celle que j'adore écoute l'aveu que
l'amour m'arrache ! mais il faut que vous
vous offensiez. Non, non, répondit Héloïse, qui jusqu'alors m'avoit paru inter-
dite : on ne peut vous connoître et s'of-
fenser de cette déclaration ; mais plût au
ciel, pour mon repos, que vous ne m'eus-
siez jamais découvert votre amour, ou
qu'il me fût permis de ne point douter de
tout ce que vous me dites ! Ah ! divine
Héloïse, m'écriai-je en me jetant à ses
genoux : je jure par vous-même.... J'allois la convaincre de ma passion, j'entends
du bruit : c'étoit Fulbert ; il fallut me
contraindre et changer d'entretien. Je
trouvai d'autres occasions de m'expliquer
avec Héloïse, et il ne fut pas difficile de
la guérir des soupçons que la légèreté des
hommes lui donnoit, et elle souhaitait
trop que je fusse fidèle pour ne me pas
croire. Nous voilà donc tous les deux dans
une heureuse intelligence : comme la
même maison nous unissoit, le même
amour sut nous unir : que de doux momens nous passions ensemble ! nous ne
perdions aucune occasion de nous donner

des marques d'une mutuelle tendresse ;
nous étions ingénieux à les faire naître,
mieux que Pyrame et Thisbé ; nous
avions trouvé les défauts des murailles qui
nous séparoient : dans le silence de la
nuit, tandis que Fulbert et ses domestiques s'abandonnoient au sommeil, nous
profitions d'un tems propre aux larcins de
l'amour : non contens de donner, comme
ces amans infortunés, des baisers insipides
à une jalousie, nous ménagions tous les
momens d'une entrevue charmante, nous
nous trouvions dans un lieu où la fureur
des lions n'étoit point à redouter. Que
l'étude de la philosophie nous servoit d'un
prétexte spécieux ! Hélas ! loin de m'y
appliquer, j'en perdois tout le goût, je
n'allois à mes exercices qu'avec peine ;
quand il falloit perdre de vue ma charmante maîtresse, j'étois dans une mélan-
colie qui me trahissoit. L'amour est un
de ces maux qu'on ne peut cacher ; un
mot, un regard indiscret, le silence
même le découvre : ils ne me voyoient
plus cette vivacité d'esprit à qui rien n'é-
toit difficile ; je n'étois plus en état d'inventer que des vers tendres qui peignoient
ma passion ; je quittois Aristote et ses
axiomes pour mettre en usage les préceptes de l'ingénieux Ovide ; je ne passois

pas de soir sans produire quelques chansons, l'amour étoit l'Apollon qui me les
dictoit. Ces chansons, ces vers me faisoient souvent admirer ; on les chante dans
les pays les plus éloignés ; ceux qui brû-
lent des mêmes ardeurs dont je brûlois
alors font gloire de les savoir : combien
d'amans par ce secours ont mérité des
faveurs qui ne leurs auroient été jamais
accordées ! Tout cela fit tant d'éclat,
qu'on ne parloit plus que des amours
d'Héloïse et d'Abailard. Le bruit commun vint aux oreilles de Fulbert ; il eut
de la peine à croire ce qu'on lui rappor-
toit ; il aimoit sa nièce, il étoit prévenu
en ma faveur ; mais enfin, nous ayant
examinés de plus près ; il cessa d'être in-
crédule, il fut témoin d'un de nos plus
doux entretiens, je fus surpris auprès
d'Héloïse. La curiosité cause souvent
bien du mal. Le courroux de Fulbert parut
modeste ; ce qui me fit craindre pour la
suite une vengeance cruelle : je ne peux
vous exprimer quels furent mon dépit et
ma douleur quand je me vis contraint de
quitter la maison du chanoine, et de me
séparer d'Héloïse. Hélas ! cet éloignement ne servoit qu'à mieux unir nos volontés ; les obstacles irritoient nos désirs, et
l'extrémité où nous étions réduits nous

8.

mettoit en état de tout entreprendre sans
crainte : nos intrigues me donnoient peu
de honte, la cause m'en paroissoit trop
belle : souvenez-vous de ce que dirent
les jeunes divinités lorsque l'imprudent
Vulcain surprit dans ses filets le dieu de
la guerre avec la mère des amours :
avouez la même chose à mon sujet. Fulbert me surprend avec Héloïse : tout
homme de bon goût voudroit recevoir à
ce prix un affront, je cherchai le jour
un azile proche la maison chérie ; je ne
renonçois pas à ma proie, je demeurai
quelque tems sans paroître en public. Ah!
que ces momens m'étoient longs! lorsqu'on est déchu d'un état heureux, qu'on
souffre impatiemment son infortune! Ne
pouvant plus vivre sans voir Héloïse,
je tâchai d'attirer dans mes intérêts sa
suivante; elle se nommoit Agathon; c'é-
toit une brune d'une taille fine et au-
dessus de la médiocre; tous ses traits
étoient réguliers, ses yeux vifs : enfin
cette fille pouvoit plaire à tout homme
qui n'eût point été prévenu d'une autre
passion. Je la rencontrai seule, et la priai
d'avoir pitié d'un amant malheureux;
elle me dit qu'elle entreprendroit tout
pour moi, mais qu'il étoit une récompense..... A ces mots je déliai ma bourse,

et fit briller à ses yeux ce précieux métal qui endort les sentinelles, qui se fait un chemin au travers les rochers, et apprivoise les belles les plus farouches. Vous vous trompez, dit-elle en souriant et en secouant la tête, vous ne me connoissez pas. Si l'argent me tentoit, un riche abbé fait toutes les nuits ses stations, chante sous mes fenêtres; il veut m'envoyer à son abbaye, qui est à ce qu'il dit, le plus beau pays qui se soit jamais vu dans le monde. Un partisan m'offre une somme considérable; il m'assure que je n'ai rien à craindre; que si notre amour a des suites, il me mariera avec son valet de chambre, à qui il donnera des emplois considérables : je ne vous parlerai pas d'un jeune officier, il fait souvent la ronde dans notre rue, il m'assiége de toutes les manières, il faut bien qu'il m'aime; qui l'obligeroit à me chercher? Je n'ai pas, comme nos femmes de qualité, des pierreries et des bijoux à lui donner; cependant son amour, son plumet, sa dorure, n'ont fait aucune brêche à mon cœur; je ne suis pas prête de long-tems à capituler; je suis trop fidelle à mon premier vainqueur : alors elle me regarda fixement. Je lui répondis que je n'entendois rien à ses discours. En vérité, continua-t-elle,

pour un philosophe et un galant homme,
vous avez l'intellect bien obscur : je vous
aime, dis-je, Abailard. Je sais bien que
vous adorez Héloïse, je ne vous blâme
pas ; je veux même vous servir auprès
d'elle : mais enfin j'ai le cœur tendre
aussi bien que ma maîtresse ; vous pouvez sans effort répondre à ma passion.
N'allez pas vous faire un scrupule qui
n'est pas en usage : un homme prudent
doit aimer en plusieurs lieux à la fois : si
une belle change il n'est jamais sans condition. Vous ne sauriez croire, Philinte,
quelle fut la surprise où ces mots me
jetèrent : j'aimois uniquement Héloïse.
Sans examiner si les raisons d'Agathon
étoient bonnes ou mauvaises, je la quittai ;
après avoir fait quelques pas je regardai
derrière moi, je la vis qu'elle se mordoit
les doigts, ce qui me fit craindre quelque
chose de funeste. Elle courut conter à Fulbert la proposition que je lui avois faite ;
je crois qu'elle passa sous silence l'affront
reçu : le chanoine ne s'en seroit pas ac-
commodé, car j'ai appris depuis qu'il
n'étoit pas indifférent pour cette fille. Je
ne conseillerois pas à un amant de m'i-
miter en ceci ; une femme rebutée est
un animal bien à craindre. Agathon passoit les jours et les nuits à sa fenêtre pour

m'éloigner du logis de sa maîtresse. L'abbé
eut tout le tems de lui sourire et de lui
chanter son amour , le partisan de lui
montrer son bel équipage , et le chevalier
de lui estocader des œillades. Pour moi ,
je ne savois de quel côté me tourner , je
m'adressai au maître à chanter d'Héloïse.
Le métal, qui n'avoit point eu de charmes
pour la suivante , l'ebloüit : il étoit le
premier homme du monde quand il s'a-
gissoit de glisser adroitement une lettre ;
un billet de ma part fut rendu. Héloïse,
selon ce que je lui mandois, se trouva au
bout d'un jardin dont je franchis la mu-
raille avec le secours d'une échelle de
corde : je ne vous cache rien , Philinte,
de mes foiblesses. Quel triomphe pour
Champenu et Anselme, s'ils avoient vu
ce philosophe que l'on vantoit si fort dans
cet état déplorable , je vis ce que j'aimois.
Je ne vous tracerai pas ici nos transports ,
ils ne furent pas longs : la première nouvelle qu'Héloïse m'avoit apprise m'occupoit de mille soins ; il falloit chercher
une île de Délos pour se délivrer d'un far-
deau dont cette belle commençoit à res-
sentir le poids : sans tenir long-tems
chapitre , je la fis à l'instant même sortir de la maison du chanoine , et , à la
pointe du jour , elle partit pour la Bre-

tagne, où elle donna au monde un petit Apollon, dont ma sœur prit le soin.

L'enlèvement d'Héloïse me vengea de Fulbert. Son chagrin fut grand, et il ne s'en fallut guère qu'il ne perdît, en cette rencontre, le peu d'esprit que le ciel lui avoit donné ; ses sanglots, ses plaintes firent dire aux critiques de cette ville qu'il étoit quelque chose de plus qu'oncle d'Héloïse. Enfin, j'eus pitié de sa peine, je regardois comme une trahison le vol que mon amour lui avoit fait ; je cherchai à l'apaiser par l'aveu sincère de tout ce qui s'étoit passé, et par des promesses d'épouser en secret Héloïse ; il me donna son consentement, et confirma son raccommodement par des protestations et des baisers ; mais qu'on doit peu compter sur les paroles d'un faux dévot! Il médi-toit une cruelle vengeance, comme vous verrez ensuite.

Je fis un voyage en Bretagne pour ramener celle que je regardois déjà comme mon épouse ; mais je trouvois Héloïse d'un sentiment bien contraire au mien : elle me dit tout ce qu'on peut s'imaginer pour me détourner du mariage ; que c'étoit un lien fatal à un philosophe, que les tracas des enfans et les soins d'une famille ne s'accordoient pas avec la tranquillité et l'application que demandoit l'étude de la sagesse. Elle me rapporta ce qu'avoit écrit sur ce sujet Théophraste, Cicéron, et surtout l'infortuné Socrate, qui sortoit joyeux de la vie parce qu'il y laissoit Xantipe. Ne m'est-il pas plus doux, ajouta-t-elle, de me voir votre amante que votre épouse ? L'amour n'aura-t-il pas plus de force pour conserver nos cœurs dans l'intelligence que les nœuds de l'hymen ? Les plaisirs que nous goûterons rarement et avec peine nous paroîtront toujours charmans, au lieu que les choses permises sont insipides. Toutes ces raisons ne pouvant m'émouvoir, Héloïse permit à ma sœur de me donner d'autres alarmes. Lucile, c'est ainsi qu'elle se nomme, m'ayant tiré en particulier : A quoi songez-vous, me dit-elle, à quoi songez-vous ? Est-il possible qu'Abailard ait formé le dessein d'épouser Héloïse ? Elle semble, l'avouerai-je, mériter un attachement éternel ; la beauté, la jeunesse, la science, tout se rencontre en elle ; vous en êtes adoré si vous voulez ; mais à quoi bon vous flatter ? cette beauté n'est qu'une fleur que la première maladie flétrira bientôt ; lorsque ces traits qui vous ont repris seront effacés, vous vous repentirez, mais trop tard, de vous être engagé dans des

chaînes que la mort seule rompra. Je veux
vous voir réduit, comme les autres maris,
au seul désir du veuvage : pensez-vous
que la science vous doive rendre Héloïse
plus aimable ? Je le sais, elle n'est pas
de ces précieuses qui vous accablent sans
cesse d'un langage affecté, qui se mêlent
de juger des livres, et qui mettent les
auteurs en balance. Lorsqu'elles sont dans
leur fureur de parler, époux, amis, valets,
tout est en fuite ; vous diriez que mille
timbales et mille trompettes font un bruit
confus : Héloïse n'a pas ce défaut ; cependant il est toujours fâcheux de n'oser,
en présence d'une épouse, se servir de
terme impropre. On souffre avec plaisir
d'une amante ; vous êtes sûr du cœur d'Héloïse, dites-vous : je le crois, vous en avez
reçu des preuves éclatantes ; mais ne crai-
gnez-vous pas que l'hymen ne soit le tombeau de son amour ? Le nom d'époux et
de maître est odieux. Héloïse sera ce
phénix qu'on ne sauroit trouver : se dis-
tinguera-t-elle des autres femmes ? Allez,
allez, le front d'un philosophe est moins
en sûreté que celui des autres hommes.
Ma sœur s'animoit et m'alloit donner mille
raisons de cette nature ; je l'interrompis
brusquement, et me contentoit de lui dire
qu'elle ne connoissoit point Héloïse. Peu

de jours après nous partîmes ensemble de Bretagne, et, étant arrivé à Paris, j'achevai ce que j'avois projeté. Je voulois que mon mariage fut caché, c'est pourquoi Héloïse se retira chez les religieuses d'Argenteuil.

Je croyois la colère de Fulbert désarmée, je vivois tranquille; mais, hélas! l'hymen nous fut un foible asile contre sa fureur; apprenez Philinte, jusqu'où va le désir de sa vengeance; il corrompt mes domestiques; un assassin, qu'il envoie dans ma chambre pendant la nuit, le rasoir à la main, me trouve enseveli dans le sommeil; je fus accablé du plus rude et du plus honteux traitement que la malice d'un ennemi puisse inventer; enfin, sans cesser de vivre, je cesse d'être homme, je perds ce qui avoit causé la honte de Fulbert, je me vois hors d'état de contenter un amour qui me fait encore sentir ses désirs; une action si cruelle ne demeura pas impunie: l'assassin souffre la même peine, foible condition dans mon malheur; la honte, je l'avouerai franchement, plutôt qu'une vocation sincère m'inspira le désir de me cacher aux yeux de tous les hommes. Je ne pouvois cependant me séparer d'Héloïse, la jalousie s'empara de mon âme, je voulus, en la

I.   9

rendant malheureuse, l'arracher à tout mes rivaux avant que de m'enfermer ; je lui fis prendre l'habit, et se lier, dans le monastère d'Argenteuil, par des vœux qui rompoient tous les attachemens qu'elle pouvoit avoir au monde. Quelque personne voulut, je m'en souviens, s'opposer par pitié à ce cruel sacrifice ; elle se servit, pour répondre, de ces plaintes de Cornélie après la mort du grand Pompée :

O mon illustre époux,
Sur qui l'injuste Ciel fait tomber son courroux,
A quel affreux malheur ton épouse s'expose !
Tu te vois accabler, j'en suis seule la cause.
Falloit-il que l'hymen nous unît de ses nœuds,
S'il devoit à jamais le rendre malheureux ?
Mais je veux te venger du destin qui t'opprime :
Vois ce que j'entreprends, reçois-moi pour victime.

En prononçant ces plaintes elle marcha vers l'autel, et reçut le voile avec une constance que je n'osois attendre d'une fille qui avoit fait une douce habitude des plaisirs qu'elle pouvoit encore goûter dans le monde. Je rougis de ma foiblesse, et, sans balancer un moment, je m'ensevelis dans un cloître, et je pris une forte résolution de triompher d'un amour inutile. Je songeai que Dieu avoit appesanti sa main sur moi pour me sauver des naufrages qui m'alloient engloutir ;

afin de fuir l'oisiveté qui étoit le funeste aliment des feux criminels qui m'avoient brûlé dans le monde, je travaillai dans ma retraite à mettre à profit les talens dont j'avois abusé, je donnai aux novices des préceptes de théologie conformes aux saints pères et aux conciles.

Cependant les ennemis que ma vaine gloire avoit armés, sur-tout Alberic et Lotulfe, qui, après la mort de Champenu et d'Anselme, prétendoient régner seuls, se soulevèrent contre moi : on m'imputa de faux crimes ; je me vis, malgré toutes mes raisons, condamné dans un concile, mes livres cruellemet jetés au feu. Non, Philinte, les maux que Fulbert m'avoit fait souffrir n'étoient rien en comparaison de ces derniers.

L'affront que je venois de recevoir, et les débauches des moines avec qui je vivois, m'obligèrent de m'exiler et de me retirer proche Nogent. J'y vivois dans un désert, où je me flattois d'éviter la gloire, de me dérober aux traits empoisonnés de l'envie ; mes espérances furent trompées, le désir d'apprendre y conduisoit des flots d'auditeurs ; j'en voyois qui méprisoient les villes, leurs maisons, et venoient habiter des cabanes ; qui quittoient des mets délicieux pour vivre de légumes, et cou-

cher sur des lits de gazon ; on les eût pris
pour les disciples d'Elysée ; je leur donnai des leçons épurées de tout ce qu'on
avoit condamné : heureux si notre solitude
avoit été inaccessible à l'envie des récompenses que je recevois! J'avois bâti une
maison et une chapelle sous le nom de
Paraclet, mes persécuteurs se réveillè-
rent, il me fallut abandonner ma retraite,
ce que je fis sans peine : l'évêque de Troies
me permit d'y établir un monastère de
filles, dont je confiai le soin à ma chère
Héloïse. Après l'avoir mise dans ce port,
je partis, le croiriez-vous, Philinte? je
partis sans la voir ; je ne fus pas long-
tems errant et sans demeure. Le duc de
Bretagne, informé de mes infortunes,
me donna l'abbaye de St-Gildas, où je
suis, et où je souffre de jour en jour de
nouvelles persécutions.

J'habite un pays barbare, dont la lan-
gue m'est inconnue ; je n'ai de commerce
qu'avec des peuples féroces ; mes pro-
menades sont les bords inaccessibles
d'une mer agitée ; mes moines ne sont
connus que par leur débauche; ils n'ont
d'autre règle que celle de n'en avoir point.
Je voudrois, Philinte, que vous vissiez
ma maison, vous ne la prendriez jamais
pour une abbaye : les portes ne sont ornés

que de' pieds de biches, d'ours, de san-
gliers, de peaux hideuses, de hiboux ;
les cellules sont tapissées de napes de
cerfs, les moines n'ont d'autre signal pour
se réveiller que le bruit des cors et des
chiens ; enfin ils passent les jours à la
chasse ; et plût à Dieu que leurs plaisirs
y fussent bornés. Je tâche en vain de les
rappeler à leur devoir ; ils se sont tous
ligués contre moi, j'éprouve chaque jour
de nouveau périls ; je crois à tous momens voir sur ma tête un glaive suspendu ;
quelquefois mes moines m'environnent et
m'accablent d'injures ; quelquefois je
me vois seul, abandonné à tous mes chagrins ; je tâche de mériter par mes souf-
frances, et de satisfaire à un Dieu irrité
contre moi. Souvent je regrette le Paraclet, que j'ai quitté ; je souhaite le revoir.
Ah ! Philinte, l'amour d'Héloïse ne me
séduit-il pas ? Je n'en ai pas encore triomphé au milieu de ma solitude ; je pousse
des soupirs, je verse des larmes, le nom
d'Héloïse m'échappe, je prends plaisir
à le prononcer, je me plains de la ri-
gueur du ciel : non, ne nous abusons
point, je n'ai pu encore profiter de la
grâce, je suis par-tout malheureux ; c'est
que je n'ai pas encore arraché de mon
cœur les profondes racines que le vice y

9.

a jetés : si ma conversion étoit sincère,
parlerois-je avec tant de plaisir et de liberté de mes foiblesses ? ne me conso-
lerois-je pas plus aisément dans mes malheurs ? ne profiterois-je pas de cette
consolation que Dieu même nous donne?
» S'ils m'ont persécuté, ils vous persé-
» cuteront ; si le monde vous hait, sachez
» qu'il m'a haï ». Allons, Philinte, faisons
des efforts sur nous-mêmes, profitons de
nos malheurs, effaçons nos offenses,
recevons sans murmure ce qui nous vient
de la main de Dieu, et ne préférons pas
notre volonté à la sienne. Adieu. Je vous
donne ici des leçons ; heureux si je les
pouvois mettre en usage !

AU LECTEUR.

Pour bien entendre les lettres suivantes, nous avons cıú nécessaire de remettre sous les yeux du lecteur ce qu'étoit Abailard ainsi qu'Héloïse, et à qu'elle époque existoit le commerce où ils étoient l'un avec l'autre.

Abailard vivoit l'an 1170, sous le règne de Louis le Jeune. Cet homme fut fameux par son esprit et par sa galanterie. On le dit inventeur de la philosophie scolastique, qui est un fort difficile amusement : et d'autres lui attribuent le roman de *la Rose*, qui est une description fort agréable de l'amour. Ce roman, qu'on lit encore, et cette philosophie, qu'on professe aujourd'hui, pourroient nous en donner une assez belle idée, si une netteté d'esprit surprenante, une grandeur d'ame que rien ne pouvoit abattre, une capacité qui s'étendoit à tout, de la délicatesse dans les passions, de la fermeté dans les malhéurs ; si enfin toutes ces choses, qui font la meilleure partie des grands hommes, ne faisoient le portrait d'Abailard.

Héloïse étoit une fille de bonne maison, âgée de dix-huit ans, vive, d'un esprit solide, brillant et enjoué, et d'une beauté à toucher les plus insensibles. Ses parens, qui étoient riches, voulurent soutenir dès avantages si considérables par une éducation extraordinaire; et comme Abailard étoit, en ce tems-là, en réputation d'être le plus habile homme de l'Europe, on le pria de lui vouloir donner ses soins. Il n'y consentit point d'abord, et sitôt qu'il la vit il en devint amoureux. Il auroit été difficile de s'en défendre, suivant le portrait qu'il en fait lui-même sous le nom de la *Beauté*, dans le roman de *la Rose*. L'amour est aisé à persuader à une fille sur-tout à l'âge de dix-huit ans. Le maître en parla si bien à son écolière, qu'il n'eut pas de peine à inspirer sa passion. Un philosophe amoureux n'est pas plus sage qu'un autre, et, quelqu'envie qu'il ait de ne se point compromettre pour conserver sa réputation, tôt ou tard il fait une faute que tout le monde blâme, et que tous les homme feroient comme lui.

Fulbert, chanoine de l'église de Paris, oncle d'Héloïse, dont l'étroite amitié avec Abailard n'avoit pas peu contribué à réduire ce savant homme à enseigner sa nièce, sut des premiers que l'esprit de cet habile maître n'occupoit plus toutes leurs conférences, et qu'on y parloit si naturellement de tendresse, que cette philosophie auroit bientôt des suites.

Outré d'un malheur qu'il avoit innocemment suscité à sa famille : il résolut de s'en venger avec éclat. Pour prévenir ses menaces, Abailard épousa Héloïse clandestinement, et promit de l'épouser publiquement quand sa famille y consentiroit. Ces précautions ni ces promesses n'adoucirent point la vengeance de l'oncle. Il corrompt un domestique d'Abailard, pour laisser entrer dans la chambre de son maître un assassin, qui, le rasoir à la main, s'approchant de son lit, sépara tout d'un coup l'homme du galant. Cette action étoit trop tragique pour demeurer impunie. Par arrêt, l'oncle en perdit ses biens, et l'assassin fut condamné à perdre les yeux et à souffrir sur lui, par les mains du bourreau, ce qu'il avoit usé sur un autre. Après un tel malheur, notre philosophe, pour prendre des mesures conformes au pitoyable état où il se trouvoit, se retire parmi des moines, et fait entrer Héloïse dans un couvent. Soit par jalousie ou par amour, il l'engagea de faire profession avant qu'il se fût déterminé lui même de faire des vœux. Cependant, pour soutenir sa réputation, il expliquoit les actes des apôtres aux moines de l'abbaye de Saint-Denis, où il s'étoit enfermé, et, par accident ou par caprice, il lui échappa de soutenir que Saint-Denis l'aréopagiste n'étoit point venu en France. Alors, par un sentiment contraire aux intérêts des moines, on passoit pour apostat, pour hérétique ou pour albigeois. La science n'autorisoit rien, et les gens d'un esprit un peu éclairé ou de quelque étendue, sitôt qu'ils en étoient soupçonnés, n'avoient point d'autre parti à prendre que celui d'un exil volontaire, pour se soustraire à la persécution publique aux gens de communauté. Saint Bernard se déclara aussi contre Abailard, non pas par la même raison, mais parce que son esprit lui fut suspect avec une conduite si mondaine. Il l'éclaira de près, croyant que cet esprit devoit être gâté, le cœur n'en étant pas pur.

Durant cet orage, Abailard, qui avoit tout ce qu'il faut pour faire un grand homme, mais qui n'étoit pas assez parfait pour être un saint, aigri de tant de malheurs, fuit les moines, et se retire dans un désert proche Nogent. Les savans étoient rares en ce siècle, et le désir de savoir commençoit à se faire sentir.

On chercha notre exilé, on le découvrit , et on le combla de libéralités pour écouter ses, leçons. Ces présens furent assez considérables pour lui donner moyen de bâtir une maison et une chapelle, qu'il dédia sous le nom de Paraclet , qui est la première en France qui ait porté ce nom.

C'étoit une nouveauté qui pouvoit avoir des conséquences , quoique ce ne fût dans le fond qu'un témoignage comme Dieu l'avoit consolé dans cet endroit par une application plus sérieuse à l'étude , et par un détachement plus entier de sa maîtresse. Les gens de mérite, pour être retirés, ne sont pas à couvert de l'envie. A peine étoit-il établi dans sa solitude, qu'on l'accusa de cabaler. Pour se justifier , il demanda à en sortir , et supplia l'évêque de Troyes de trouver bon qu'il y mît quelques filles pour leur abandonner son oratoire et ses biens. Cet établissement permis, il y appela Héloïse pour gouverner ce monastère, et, le lui ayant confié, il se retira : heureux s'il avoit pu toujours la fuir ! Durant cet éloignement , il écrivoit fort souvent à un de ses amis proche du Paraclet. Une de ses lettres étant tombée entre les mains de notre nouvelle abbesse (elle n'auroit pas été femme si elle n'avoit pas été curieuse), élle l'ouvrit ; de là elle prend occasion de lui écrire [*], et de lui mander s'il est d'un amant délicat de la laisser en proie aux fausses idées qu'un long silence peut lui donner.

---

[*] Les lettres que nous annonçons forment la seconde partie de cet ouvrage.

Fin du premier volume.

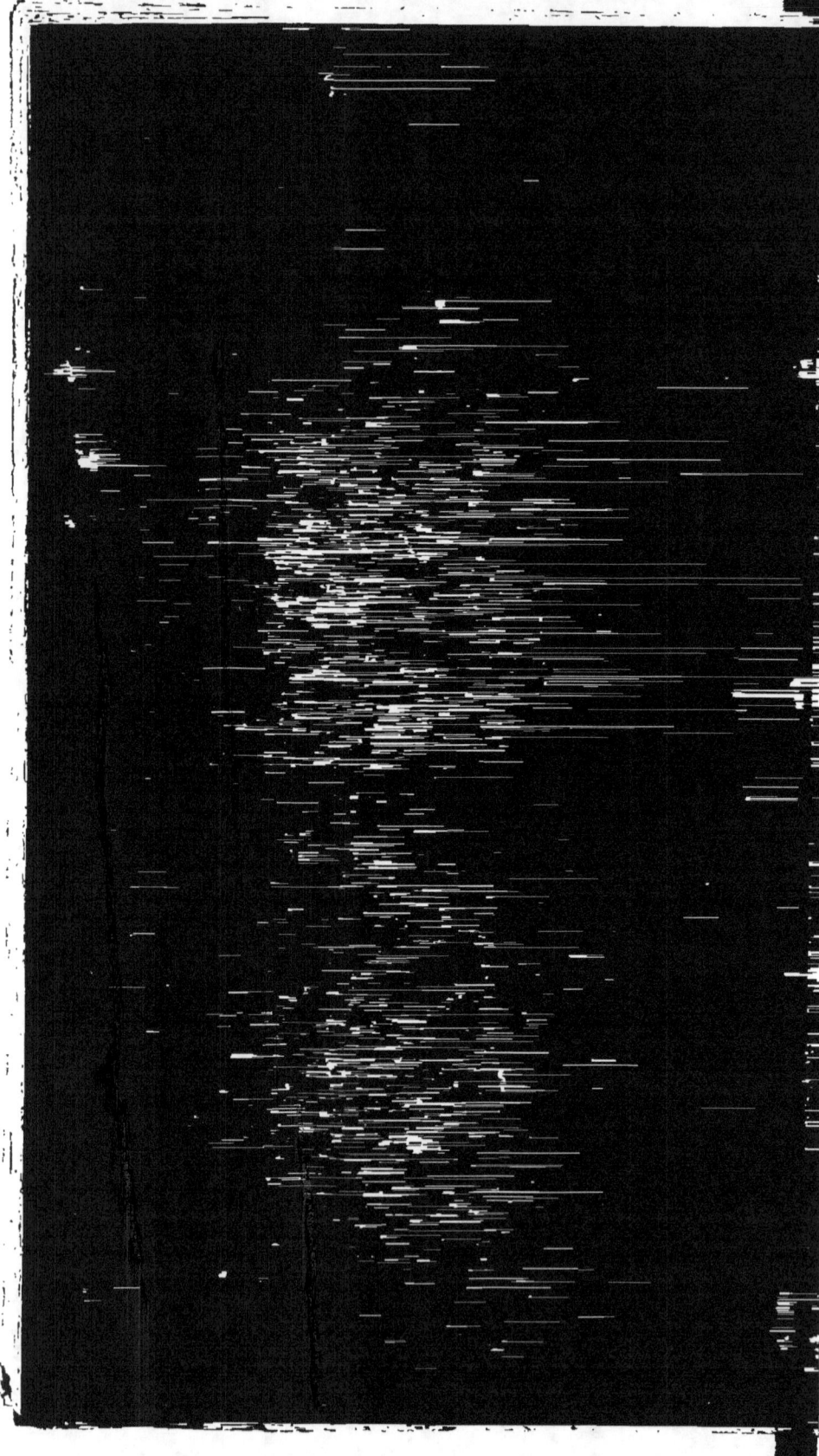

www.ingramcontent.com/pod-product-compliance
Lightning Source LLC
Chambersburg PA
CBHW060824250626
47162CB00005B/1930